U0024569

初陣

隠蔽捜査3.5

今野敏

目錄

指揮

1

我滿喜歡福島這塊土地的——伊丹俊太郎感慨良多地如此回顧這三年。

來到福島縣警本部上任時，天氣還相當寒冷。他想起那時候聽到櫻花還要近一個月以後才會開，體會到自己真的來到了東北，很是懷念。

他做了三年的縣警本部刑事部長。警察幹部調動很快，兩、三年就換任地是常有的事，職位也會隨之改變。

正當他覺得時期也該差不多的時候，就接到內部指示了。

他現在是縣警本部的刑事部長，所以預估接下來可能會調到警察學校去，沒想到意外地是被派去警視廳（註：以東京都爲轄區的警察本部，因東京都爲首都，地位特殊，故異於其餘道府縣之警察本部，稱警視廳）接任刑事部長之位。

接到這項消息時，伊丹不由得有些緊張起來。縣警本部的刑事部長固然也是重責大任，但說到警視廳，格局還是截然不同。

警視廳是東京都的警察本部，因此在組織上與其他道府縣警察本部是同級。但實際上警視廳的預算高出其他道府縣警許多，警力數量也更多。

在辦案能力上，也領先群雄。警察廳（註：隸屬於國家公安委員會，管理警察制度、行政、監察等方面事務的中央機關）一直致力於消弭縣警之間的偵查能力落差，卻仍然無法達到理想。不容否認，同樣管轄大都會的大阪府及京都府縣警，辦案能力亦較為突出。

此外，說到公安部，可以說幾乎是警視廳獨擅勝場。在公安案件方面，警視廳絕非單純的地方警察單位。

日本沒有像美國ＣＩＡ的情報機關，因此情報工作幾乎都由警察的公安單位處理。接收情報的是警察廳，實戰部隊卻是警視廳的公安部。

光是聽到「警視廳」三個字，就讓伊丹的腦中掠過了這些想法。代表全國的警察單位的刑事部長。叫人不要緊張，才是強人所難。

福島縣警的風氣算起來相當悠閒。尤其是這三年之間，也沒發生過任何躍上大報頭條的重大刑案。就這一點來說，或許也算是伊丹運氣好。

但另一方面，伊丹也一直覺得這裡有種獨特的氛圍。

他身為特考組菁英，也待過其他縣警本部。每個地方各有特色，但做為警察組織的氛圍依然蓋過了這些特色。

不過伊丹感覺福島縣警獨樹一格。

上任前就有人對他說過：「那裡特立獨行。」

他親身體認到這一點。理由則很清楚。

第一代警視廳大警視，是薩摩藩（註：指江戶時代的薩摩藩，位於現今鹿兒島縣及宮崎縣西南部）出身的川路利良。大警視即後來的警視總監。

儘管當時的警察機構與現代不同，但川路利良可說是全國警察實質上的總管。

警視廳從當時就是東京府的警察，不過是由內務省管轄。考慮到其他的地方警察是由各地方政府首長指揮，警視廳可說也具有國家警察的性質。

事實上，後來像特別高等警察（註：特別高等警察是二戰前的日本祕密警察組織，在戰時以維持治安的名目，進行各種鎮壓、監控人民及箝制思想的行動），就負責執行內務省的實務。

戰後，警察也徹底改頭換面了。分成了全國警察組織的警察廳，以及各地方警察。

但警察組織至今仍有薩長派閥（註：指薩摩藩及現爲山口縣的長洲藩。二藩在明治維新發揮極大影響力，出身者亦幾乎占據了明治政府的官職）。一般人或許難以置信，但這是鐵錚錚的事實。

圈內人都把警察廳（keisatsuchou）簡稱為「satchou」。表面説法是為了和警視廳（keishichou）做出區隔，而省去相同的「警」（kei）字簡稱，但不只是如此而已，其實是以同音來暗指薩長。

不勞回溯其歷史，福島縣的前身會津藩（註：會津藩爲現今福島縣西部及部分新潟縣、栃木縣。曾與以薩摩藩及長州藩爲主的明治新政府敵對），與薩摩・長州原本就勢同水火。

會津藩最後一位首席家老西鄉賴母與白虎隊的悲劇（註：白虎隊爲一八六八年戊辰戰爭時，會津藩的少年敢死隊。在與新政府軍的決戰中半數戰死，其餘於飯盛山自盡），直至今日依然烙印在居民的心中。這也造成了當地人對薩摩及長州的恨意。

伊丹也在任期間多次切膚感受到這一點。

即使是在喝酒的場子上，鹿兒島及山口這兩地也是禁忌話題。鹿兒島縣和山口縣出身的警察官員並不少，這些人當然也會到福島上任。

然後絕對會被派去坐冷板凳。

當然，他們並不會受到明目張膽的攻擊，但會遭到有意無意的排擠。都是些小事，像是有時候該連絡的事卻漏了他們，或飯局酒局沒他們的份，又或是地方活動沒有邀請他們。然而，也有些來自鹿兒島縣和山口縣的警察官員因此被搞得稍微神經衰弱。

然而還是不能有怨言。因為福島就是這樣的地方。

伊丹和福島縣警的人處得相當不錯。他非常慶幸自己不是薩長任何一地的人。

其實若要說的話，在特考組當中，伊丹也是反主流派。因為特考組官員絕大多數都是東大法律系畢業生。

伊丹卻是私大畢業。光是這樣就已是一大劣勢，因為會升遷得特別慢。

由於他是反主流派，因此在排斥薩長派閥主流的福島縣警處處受到優待。伊丹覺得這裡是待起來很舒服的職場。

警察幹部有許多限制。警視正以上就算是國家公務員，受到國家公務員倫理規章的規範。

這份規章頗為嚴格，不僅限制和有直接利害關係的對象之間金錢及物品的收授，連借貸都禁止。

旅行、打高爾夫球、聚餐這些，連各付各的都不行。除了二十人以上的自助式餐會，各種聚餐也在禁止之列。

打高爾夫球更是障礙重重。

相較於首都圈一帶，地方可以更廉價地享受高爾夫球之樂，因此也有不少警察官員一頭栽進高爾夫球嗜好。

但其實這是個陷阱。

曾有前輩對伊丹說，警察官員，尤其是刑事部的幹部，不應該打高爾夫球。當時伊丹正在地方擔任轄區署長，進行所謂的「少主修業」。

伊丹聽了莫名其妙。當時他沒在打高爾夫球，也不是刑事部的幹部。

刑事部的幹部必須隨時待命。而高爾夫球是四個人一組打球，不好中途開溜。

如果不是天大的案子，不必趕到現場也無所謂，因此有可能會想繼續打下去。

但萬一後來發展成大案子，然後被揪出在初步調查的階段，刑事部長居然流連高爾夫球場，新聞媒體肯定會瘋狗亂咬地要求負責。

伊丹也是，他現在並非完全不打高爾夫球，福島縣也有許多魅力十足的高爾夫球場，但這三年之間，他一次都沒有踏進過高球場。

伊丹聽說過，縣警本部長在任期間，絕對不能跨縣市旅遊，他也仿傚這樣的做法，這三年當中，一步都沒有離開過福島縣。

妻子似乎對此大為不滿。新年期間，伊丹也在家過年，妻子則是年底就早早回娘家去了。

對此伊丹並沒有怨言。職務在身，這是無可奈何的事。他以為妻子也會體諒。

然而他錯了。

妻子回娘家的次數愈來愈頻繁。福島任期的後半，伊丹幾乎是一個人赴任的狀態。

地方大多都很看重這些事。因此伊丹努力表現開朗，持續偽裝成夫妻依舊鶼鰈情深。

現在妻子也不在家。要調到警視廳的事，他還沒有告訴妻子。

兩人的感情早已降至冰點。原本的話，或許乾脆離婚了還比較省事。

但是對警察官來說，離婚對資歷是很大的傷害。伊丹已經有了私大畢業這項劣勢，若是再因為離婚而扣分，可以說不必奢想出人頭地了。

不能離婚。扮演假面夫妻也無所謂，只能繼續維繫婚姻生活。不知道要持續到何時。

妻子的娘家在東京。伊丹有些期待，如果得知能夠回去東京，她一定也會轉嗔為喜。
這麼說來，那傢伙應該也會調離現職。
伊丹心想。
自己是私大畢業，夫妻關係又有問題，屬於少數派，但那傢伙是東大法律系畢業，家庭美滿，是貨真價實的主流派。
兩人小學就認識，進入警察廳後又再次重逢，大感意外。
龍崎伸也。
人事異動目前僅是內部通告，尚未公告，所以伊丹還不知道龍崎要調到哪裡。
待在福島縣警期間，龍崎在警察廳長官官房（註：官房爲日本於內閣、府、省設置的機關之一，負責機密、文書、人事等事務。府省的首長爲大臣，故設置於府省的稱爲「大臣官房」；廳的首長爲長官，故設置於廳的稱爲「長官官房」）總務課擔任公關室長。
主流派果然不一樣，伊丹想。伊丹到現在都還在地方調來調去，但龍崎待完大阪府警後，立刻就進了警察廳。而且是中樞機要的長官官房。

所謂菁英，指的就是龍崎這種人。我是個魯蛇。但魯蛇有魯蛇的志氣。

同時，伊丹也有主流派所沒有的強項。日本人向來偏袒弱者，看到有人遭到虧待，就會想要送暖。

媒體很清楚伊丹的處境。因此他們肯定會對伊丹感到親近。

伊丹懷著這樣的算計，徹底扮演庶民派。然後他決定要貫徹現場主義。

一遇到案子，便盡可能親臨現場。刑事部長身先士卒，也能提振調查員的士氣。

現場一定都有媒體。這時伊丹便隨和地向媒體打招呼，只要媒體要求，便當場接受採訪，發表談話。

伊丹總是機敏地行動，表現得陽光開朗，絕對不會對記者疾言厲色。

他切膚地感受到自己的良好形象正在樹立。媒體的反應讓他看出這一點。

受到媒體歡迎，也是縣警幹部所樂見的。也就是說，媒體全部丟給伊丹去應付就行了。

伊丹做為警察官員的作風，可以說就是在福島縣警時代建立起來的。
很快就要揮別此地了……
伊丹重新環顧刑事部長室。
還沒有開始動手整理。警察官員個個都是搬家老手，他對迅速打包很有自信。
要不要打個電話給龍崎？
他忽然冒出這個念頭。
兩人不只是單純的兒時朋友。龍崎這個人總是莫名地教他掛意。在同期之間，龍崎也是個出了名的怪人。
這是身為特考組的宿命，即使是同期，也極少有機會深入交流。因為每個人都四散在日本各地。
但大家還是相信總有一天可以在警察廳重逢。彼此關係頗為堅定。
在同期當中，伊丹對龍崎也特別感到親近。
他拿起電話筒，付諸實行。

「您好，公關室。」

「龍崎嗎？是我。」

「我是哪位？」

冷冰冰的聲音回應。

「我伊丹啦。」

「有何貴幹？」

伊丹頓時掃興到家。

「也沒什麼事，只是想說偶爾打個電話關心一下……」

話筒彼端傳來嘆氣聲。

「上班時間打私人電話？」

口氣總算變得隨興起來。

「那什麼口氣？我可是特地從福島打給你耶。」

「我又沒求你打給我。我忙得很。」

「我也不是吃飽飯撐著好嗎？不過這裡確實是比那裡悠閒多了。」

「沒事的話，我要掛了。」

「嗳，等一下。這次人事異動，我要調到警視廳當刑事部長了。」

伊丹停頓了一下，期待會得到某些感想，然而龍崎卻是一語不發。這傢伙就是這種人。

「你呢？已經接到內部指示了吧？」

「長官官房總務課的課長。」

龍崎輕描淡寫地說，但這項調動稱得上平步青雲。

「很有一手嘛。」

「我當了三年的公關室長，這算是中規中矩的人事安排吧。」

這傢伙果然一點都不討喜。

「咱們四月就可以在東京碰面了。」

「當然會碰面吧。」

「我很期待。」

「我並不特別期待。」

「你還是老樣子。」

伊丹笑了。

「我是說認真的。」龍崎說。

「咱們不是從小學就認識的老相識嗎？」

「你就愛這樣說，但我們小學的時候並不是朋友。」

「特考組同期，又是小學同學，這可是難能可貴的緣分。」

「你忘了嗎？你們以前霸凌過我。」

「有嗎……？」

伊丹真的毫無印象。

小學的事他記憶猶新，卻沒有霸凌過龍崎的記憶。

「霸凌的一方不會放在心上，但被霸凌的一方卻一輩子忘不了。霸凌就是這麼回事。」

「意思是你到現在都還在恨我嗎？」

「我不恨你，但也不覺得跟你有多好。」

「太直接了吧……」

「這是事實。」

「好吧，總之我四月就會回東京。多多關照啦。」

「嗯，彼此彼此。」

龍崎冷淡地說完，掛了電話。

是不是不該打什麼電話的……？

瞬間伊丹有些後悔，但隨即轉念肯定了這個行動。如果龍崎真的覺得困擾，應該會立刻掛掉。他就是這種人。

長官官房的總務課長啊。真不簡單。

不管做什麼，自己或許都贏不了龍崎。

伊丹正這麼想，傳來了敲門聲。

他請對方入內，來人是刑事總務課長石渡。

「我想和部長討論一下搬遷事宜……」

「這麼急？」

「不，時間一下子就過去了。這種事就得盡早規劃。」

「好。和後任的交接呢？」

「部長遷離的三天前會過來到任。」

伊丹點點頭。

交接很重要。因為伊丹要搬離福島，所以後任會在正式到任前就先過來。伊丹自己則是在到任後才與前任交接。前任的警視廳刑事部長是調到警察廳，新舊職場近在咫尺，所以伊丹到任後再交接也無妨，故而延後了。

「那麼，得盡快決定搬家日呢。」

「這樣我們比較方便作業。」

「我會在今天決定日子。」

「那麼，我們再依日子做安排。」

「石渡。」

「是……？」

「這些日子受你照顧了。」

「說這話還太早了。」

「是嗎？」

「是的。警察的工作，直到離開任地那一刻以前，都不知道會發生什麼事。」

「這樣啊……」

石渡行了個禮：

「這話或許僭越了。」

「不，你說的沒錯。」

「那麼，我告退了。」

伊丹目送著遠比自己年長許多的石渡的背影。

2

伊丹一通知人事異動的消息，妻子就從東京回來了。伊丹把搬家的事交給妻子，專心處理職場的雜務。

後任抵達的前一天，通訊指令室傳來無線電通知。

磐城市內發現一具男屍。附近居民發現一名男子流血倒地，打了一一〇報警。

伊丹立刻叫來石渡。

「交代下去，初步偵查結果立刻回報上來。」

石渡當下回應：「好的。那裡似乎是磐石中央署的轄區。」

「位在國道六號沿線對嗎？」

「是。」

「準備好一有需要可以立刻到場。」

「那個……」

「怎麼了？」

「明天就要交接了……」

「做一天和尚敲一天鐘。被你說中了。」

「我說過什麼嗎？」

「你說警察的工作，在離開任地前一刻，都不知道會發生什麼事。」

「那麼，如果必須成立搜查本部，部長也要到前線指揮嗎？」

「過去向來如此，這次也不例外。」

石渡沒有廢話。

「我明白了。我會做好必要的安排。」

語畢，石渡便離開部長室。

伊丹繼續整理辦公桌，但案子讓他牽掛不下，進展遲緩。

片刻後，石渡回來報告。

「轄區判斷是殺人案。縣警搜查一課也會出動。」

「好，我也去現場。」

刑事部長親臨命案現場並不罕見。原本這是理所當然，但刑事部長公務繁忙，因此無法每一個現場都到場，有些案子會交給下屬代勞。

電視劇常有轄區與本部對立的情節，但只要刑事部長坐鎮指揮，就不可能出現那種狀況。

伊丹暫時中斷職場整理，動身前往現場。

磐城市是人口約三十五萬的都市，市內有三個警察署：磐城中央署、磐城東署，以及磐城南署。

屍體是在磐城中央署轄內的樹林裡發現的。一離開市區，便進入住宅區，是一片近年新落成的集合住宅。更南方則是未經開發的森林，死者就被棄屍在那片森林當中。

伊丹抵達的時候，已是日暮時分，但鑑識人員仍在忙碌地走動拍照，四處尋找遺留跡證。

三月的福島仍頗為寒冷。天色一黑，氣溫便急速下滑。是東北獨特的濕冷。

媒體雲集，當地電視台的燈光打在記者身上。平面記者想要從警方口中問出狀況，幾名電視台記者對著自家鏡頭滔滔不絕。

一名記者發現伊丹，跑了過來。一開始只有這麼一人，但伊丹很快就被數人包圍。

「先等等。」伊丹對記者們說。「我剛趕到而已，還不清楚狀況。」

記者們的發問告一段落後，其中一人問道。

「聽說您要調動了？」

伊丹訝異地望向聲音來源。

是當地報紙的資深記者，記得他姓津村。

「你這樣的大記者也會跑現場嗎？」

津村咧嘴一笑。

「這是叫我這老頭子別出來搶戲嗎？」

「不是的，我以為現場都是交給年輕人跑。」

「您自己貴為部長，不也親臨現場嗎？」

「這是我的作風。」

「我也期許自己一輩子都是一線記者。」

待在地方都市，還能遇到這樣的記者，所以很有意思，伊丹如是想。

「調動的事，你是從哪裡聽說的？」

伊丹問，津村又笑了。

「情報來源當然不能透露。那麼是真的囉？」

「對，很快就會公布了，那麼說出來也無妨吧。我要到警視廳接任刑事部長了。」

「哦……？恭喜高升。」

「會嗎？」

應該就像津村說的，算是高升吧。不過在組織上，一樣只不過是地方警察的刑事部長。

和當上警察廳課長職的龍崎相比較，實在稱不上平步青雲。

但伊丹當然沒有不滿。他奉行現場主義。從這個意義上來說，警視廳的刑事部，應該可以讓他盡情施展身手。

來到黃色封鎖線後，總算可以甩開記者了。這條帶子就像驅邪除魔的結界，而媒體就是無法跨越結界的妖魔鬼怪。
地域係的制服員警向他立正敬禮。
伊丹跨過封鎖線走近現場，所有的調查員都停下動作，和地域係員警一樣立正敬禮。
伊丹揮了揮手：「不用管我，繼續作業。誰可以跟我匯報狀況？」
磐城中央署的刑事課長一臉緊張地前來報告。
死者年約二十至二十五歲，身上沒有任何可供辨識身分的物品。有多處挫傷，並有數處穿刺傷。
似乎也有骨折，不過必須更進一步詳細調查。刑事課長說，可能是遭到集體圍毆後殺害。
「附近有打鬥痕跡嗎？」
伊丹問，刑事課長看出這個問題的用意，回答：「沒有。第一現場恐怕是在別處，是搬到這裡棄屍的。」
伊丹點點頭。

「那麼就需要車子了。」

「我們已經在詢問目擊證詞，此外也在蒐集飆車族方面的情報。」

伊丹也認為，這很有可能是一起由飆車族之類反社會集團進行私刑致死的案件。

「好。立刻設置搜查本部。我也會待在那裡。」

「瞭解。」

由於伊丹來到現場，抑制了媒體過火的採訪戰，同時也能得知調查員正在進行正確的偵查工作。

實際看到現場狀況非常重要。伊丹決定看一下遭到棄屍的死者。

至今為止，他看過多少具屍體了？他自負在特考組當中，應該沒幾個人看過的屍體數量比得上自己。

這是自負，同時亦是驕傲。

不屬於特考組主流派的伊丹，只能藉由支持現場調查員，來突顯自己的存在。

伊丹決定前往即將成立搜查本部的磐城中央署。今晚應該會在那裡過夜。他打電話回家告知此事，妻子問他搬家準備怎麼辦？聲音很不滿。她不理解警察官員的工作。或是不願意去理解。

伊丹搖了搖頭，將手機收進口袋裡。

到了隔天早上，總算漸漸有個搜查本部的樣子了。桌子搬了進來，拼湊成幾區。

昨晚眾多調查員就圍坐在地上交換情報。不過伊丹地位特殊，有折疊椅可以坐。

幾張桌子擺上筆電和電話，靠窗的桌子上則擺放著幾架無線電機。擴音器傳來無線電的對話和雜訊聲。電話開始響起，伊丹感覺總算像個搜查本部了。

他打從心底認為，比起關在部長室和文件大眼瞪小眼，像這樣來到搜查本部，更讓人感到篤定。

去了警視廳以後，還有辦法像這樣守在搜查本部或特搜本部嗎？

首都的種種做法，應該都與地方的警察本部截然不同。伊丹盡量不想改變他一貫的作風。

其實當搜查本部正式運作以後，就幾乎沒有伊丹的事了。他最大的角色是做決定，但大部分也只要聆聽擔任搜查本部主任的刑事課長的意見就夠了。

他自己也想過，待在這裡，或許只是一種姿態。然而，有時這種姿態是必要的。

「部長，縣警本部來電。」

連絡人員告知。伊丹拿起主桌的電話。

「喂，我是伊丹。」

「我是石渡。」

「怎麼了？」

「後任已經到了……」

伊丹拍了一下額頭。

「我都忘了。今天要交接呢。」

「請問該怎麼處理呢？」

「那，請他到這裡來吧。」

「去磐城中央署的搜查本部嗎？」

「對。請他看看現場，這應該是最好的交接吧。」

「所言甚是。那麼，我來安排。」

中午前，後任者抵達了。

「敝姓時任。」

伊丹起身迎接。

「我請人搬張椅子到我旁邊。請坐在這裡，監督偵查過程吧。」

「原來如此，實地交接是嗎？」

「不知道何時會發生案子，所以必須臨機應變，才能勝任警察官員。」

「我自認為很清楚這一點。」

時任是個戴眼鏡的菁英分子。看起來不像有健身習慣。

跟我完全不同的類型，伊丹想。

「冒昧請教，時任先生是哪裡畢業的？」

「東大法律系。」

果然……

不過和龍崎也不同類型。警察官員可以分成兩類，一種重心放在警察上，另一種則更偏重官員的部分。

自己顯然是前者，而他認為時任是後者。龍崎儘管一副官僚模樣，然而奇妙的是，他給人警察官的印象更強。

伊丹想，像龍崎那樣看上去完全典型，實則非典型的人，也實在罕見。即使同樣是東大法律系畢業，時任看起來就不像龍崎那麼有趣。

「您調來這裡之前，是在德國大使館對嗎？」

海外的日本大使館都一定有警察官員進駐。伊丹還沒有赴任大使館的經驗，但或許遲早會接到這樣的人事令。

「是的。」時任以可形容為優雅的動作點點頭。「待了兩年。」

「您是哪裡人?」

「山口縣。」

「待過縣警本部嗎?」

「還沒有。待完警察廳之後,擔任過轄區署長,緊接著就去了德國……」

看上去才四十出頭。

「現場很有成就感的。」

「應該是吧。」

看起來沒有多大的興趣。

伊丹說明刑事部長這個職位的眉角,以及自己的想法。時任聽著,也沒做筆記。

調查員都出去問案了,目前仍尚未收到鑑識的詳細報告。偵查進入停滯。依規定,調查員要在晚上八點回來,接著舉行夜間偵查會議。

到了下午五點十五分,時任便開始收拾準備要走了。伊丹驚訝地對他說。

「搜查本部是沒有下班時間的。」

「公務員有公務員的作息，我都依照這個作息生活。」

「這樣是無法勝任刑事部長的。」

「那是您自己的一套吧？我會用自己的方式來。警察幹部沒必要緊盯著現場，只要在需要的時候做決定就行了。」

「如果不在現場確實掌握狀況，就沒辦法做出正確的判斷。」

「這要看如何蒐集情報吧？總之我尚未就任，沒必要守在搜查本部。明天我會再過來。告辭了。」

這番令人啞然的言論，讓伊丹甚至氣不起來。他整個人都傻了。

「請等一下，您是來交接的吧？您這樣我沒辦法移交工作。」

「所以我明天會再來。」

伊丹搖頭。

「這樣交接不完全。我希望您親身體驗一下刑事部長的工作。」

時任蹙起眉頭。

「沒這個必要。我不打算承襲部長的做法……」
「三天後，您就要正式接任福島縣警的刑事部長了。」
「對，所以呢……？」
「如果這起命案無法在三天內破案，您可能要接下這個搜查本部。」
「這是當然。」
「既然如此，必須請您做好現在就守在現場的心理準備……」
「警察幹部沒必要待在現場。這是我的觀點。那麼，明天見。」
時任離席回去了。伊丹啞口無言地看著他的背影。站在一旁的搜查本部各個幹部也是一樣。

3

後來過了三天，嫌犯依舊沒有落網。但偵查範圍逐步縮小了。
警方訪查之後，鎖定了某個不良分子集團。

伊丹一直守在搜查本部。這段期間，妻子打了好幾通電話來問搬家怎麼辦。她不明白刑事部長待在搜查本部意味著什麼。

伊丹心想或許不管說什麼都沒用了，嘆氣說道。

「你依照預定去東京吧。」

「那你呢？」

「我手上的案子還沒有破。」

「交給後任就好了吧？」

「是這樣沒錯，可是……總之，家裡交給你了。如果有什麼問題，就問石渡。」

「也是，石渡先生比你可靠多了。」

電話掛斷了。

伊丹再次嘆了一口氣。

他覺得妻子的疑問或許天經地義。我賴在這裡，到底是做什麼？趕快把刑事部長的位置交給時任，出發去東京就好了。

然而他卻抗拒這麼做。

這麼說來，時任今天沒來搜查本部。他正納悶是怎麼回事，石渡打電話來了。

「部長不出發去東京嗎？」

「這起案子讓我掛心不下……」

「這樣啊……」

「對了，時任沒有過來這裡……」

「他向縣警本部長報告到任，已經在這裡執行刑事部長的工作了。」

原來如此……

換言之，現在的自己等於是懸在半空中。他已經從福島縣警的刑事部長卸任了，然後還沒有辦好警視廳刑事部長的就任手續。

伊丹從主桌環顧搜查本部內部。調查員們今天也鞭策著疲憊的身體，努力追捕嫌犯。

我在這裡做什麼？

「您在聽嗎？」

電話彼端傳來石渡的聲音。

「嗯，我在聽。」

「夫人說要先出發去東京。行李也會寄過去。這樣就行了嗎？」

「嗯，沒問題。」

「部長也請盡快前往東京，進行到任的報告。」

「我知道。」

「那麼，再見。」

電話掛斷了。放下話筒後，伊丹又沉思起來。

我到底在這裡做什麼？

即使沒有我，應該也不影響搜查本部的運作。不，自己現在身在此處，或許才是個問題。因為他已經不是縣警的刑事部長了。

自己應該立刻離開此地，前往東京才對。或許警視廳正等著伊丹報到。而且也必須和前任辦理交接。

這些他都明白。

然而他卻怎麼樣都不願離開這裡。他切實地感覺，自己必須指揮到最後一刻。

不能半途而廢。

只要能在今天鎖定嫌犯，逮到人的話……

伊丹如此祈禱。只要能搭乘今天最後一班車，或明早第一班車前往東京，不管是到任或交接都不成問題。

伊丹感覺偵查已經進入最後階段了。在今天破案也不是不可能的事。

只能如此期待了。

時間一點一滴地流逝。下午他接到妻子出發前往東京的簡訊。

伊丹猶豫了。想要在這裡待到嫌犯落網，會不會只是他的任性？是不是應該快點前往警視廳，辦理到任手續……？

指揮官的迷惘會傳染給底下的人。如果他在這時候進退失據，會影響整個搜查本部的士氣。

可是隨著時間過去，迷惘卻只是更深。

這裡也沒有可以討論的對象。因為刑事部長是最大的。

伊丹煩惱不已。

這時腦中浮現的，不知為何竟是龍崎的臉。他離開搜查本部，找到一間無人的房間，打電話給警察廳的龍崎。

「什麼事？」

冷漠的聲音傳來。

「我不知道該如何是好。」

「什麼跟什麼？」

伊丹依序說明。龍崎聆聽著，連一聲附和也沒有。不，連他是不是在聽都不知道。

「喂，你在聽嗎？」

「我在聽。」

「我不知道是應該留在這裡，還是快點去東京辦理到任手續才對。站在組織的角度來看，我人在這裡很奇怪。但我不想半途拋下手上的案子。」

「我不懂你在煩惱什麼。」

伊丹不耐煩起來。

這傢伙根本沒在認真聽嗎……？

「所以說，我想要指揮這個案子到最後，有個全始全終。但我明天非去警視廳報到不可。我不知道該選擇哪一邊才好。」

「兩邊都做就行了。」

「咦……？」伊丹無法理解龍崎在說什麼。「你說什麼……？」

「向警視總監進行到任報告，這什麼時候都行。打電話到總務部通知到任，然後直接以出差處理，繼續待在那裡就行了。」

打電話辦理到任手續……伊丹完全沒有想過這個做法。

「你覺得這可行嗎？」

「警察的存在，就是追捕嫌犯。這才是首要之務吧？為了這個目的，推遲辦理手續根本算不了什麼。」

「可是這情況，會變成警視廳的刑事部長在指揮福島縣的搜查本部……」

「你負責的是現在進行式的案子，這是理所當然。這種情況，比起任期，更應該以案子為優先。」

「可是……」伊丹對此做法仍然半信半疑。「真的可以這麼做嗎……？」

「應該沒問題。你是刑事部長，應該還有這點權限。」

「權限……？」

「沒錯。你以為幹部的權限是做什麼用的？專斷獨行不是好事，但若是為了執行合理的判斷，就應該不客氣地拿出來用，難道不是嗎？」

奇妙的是，被龍崎這麼一說，伊丹便覺得言之成理。

「就當做不行，先試試再說嗎……？」

「不可能不行。不要為了這種無聊小事打電話吵我。」

電話掛斷了。

感覺眼前豁然開朗。伊丹立刻打電話給警視廳的總務部。

令人意外的是，就如同龍崎所說，可以視為已經到任，並以出差處理。

至於向警視總監報告到任，總務部指示到時候盡快辦理就行了。

原來警察組織也不是完全不講通融的，伊丹想。

這下就能專心指揮搜查本部了。伊丹感覺迷惘消散，熱血沸騰起來。

接下來兩天後，嫌犯落網了。是市內的不良集團三人幫。三人將被害者擄進車中載至各處，加諸拳打腳踢等暴行後，亂刀刺死。

伊丹將偵訊動機等工作全部交給部下，感覺任務已了。

離開搜查本部時，所有的調查員都起立以最敬禮送別他。雖然沒有送別致詞，但他們無疑全心信賴著伊丹。

伊丹覺得能夠留到嫌犯落網，於願足矣。

他想先去縣警本部看一下，再出發去東京。

時任已經坐在部長室了。他去道別時，時任說道。

「您到底還在福島做什麼？」

明顯是責怪的語氣。

「我清楚這裡已經不是我的地盤了。但我無法丟下辦到一半的案子。」

「幹部應該要更信賴部下。我們必須縱觀大局，運籌帷幄。」

「如果您願意守在搜查本部，或許我早就乖乖出發去東京了。」

時任一臉訝異。

伊丹認為繼續說下去也不會有結果，離開了部長室。

石渡待在門外。

「這些日子受你關照了。」伊丹說。

「我才是受部長照顧了。」

「往後和時任好好相處吧。」

石渡表情複雜，喃喃低語。

「不可能像伊丹部長這樣的……」

伊丹微笑。

「你這話是最好的餞別。」

「這是我的肺腑之言。」

伊丹跨出腳步，和離開搜查本部那時一樣，刑事總務課全體職員都站了起來。

伊丹見狀，有了真實的體會。

啊，我就要離開這裡了。

他往外走去，淚水幾乎奪眶而出。

初陣

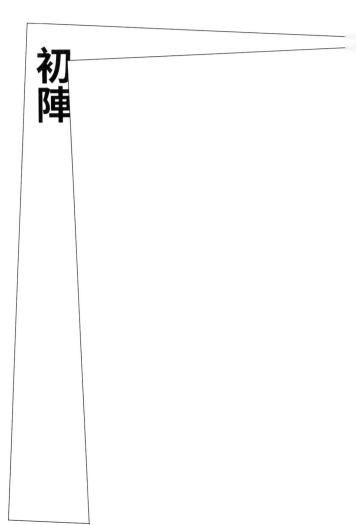

1

警視廳的刑事部長室有種獨特的壓迫感。從福島縣警調過來，成為這間辦公室新主人的伊丹俊太郎如此感覺。

警視廳是東京都的警察本部，在組織上與其他縣警本部平起平坐，但有著守護大都會東京的驕傲。

不管在規模或裝備上，都遠遠凌駕其他縣警本部。此外，也因為近在咫尺的地理條件，與警察廳的關係也比其他道府縣警更為密切。

即使在組織上只不過是地方警察，但警視廳依舊與眾不同。

刑事部長是警視廳刑事部的首長。說起來理所當然，但是像這樣坐在部長室的位置上，卻讓伊丹覺得並不那麼理所當然。

警視廳的部長，地位僅次於警視總監。附帶一提，警視總監是職位兼階級，是警視廳所獨有。

其他道府縣警的本部長，是階級更低一級的警視監，因此在這一點，也顯現出警視廳的特殊性。

辦公室本身並無特別之處。就像其他政府機關一樣，是普通的辦公室。但是一想到歷代刑事部長都曾坐在這裡思考過許多重大案件，自然就會正襟危坐起來。

同時，這樣的感受也化成獨特的壓迫感籠罩上來。是幾乎讓人感受到物理重量的壓力。自福島縣警調動過來，第一次踏進這間辦公室的瞬間，伊丹真的感到呼吸困難。

到任之後已經過了一星期。這一整個星期，時間全耗在接受刑事總務課長等人進行各項指導上。

幸而並未發生重大刑案，也沒有需要刑事部長親自出馬指揮的案子。現在，警視廳正被一片沉重的氛圍所籠罩。儘管並非與伊丹直接相關，但還是讓他耿耿於懷。

是某處縣警爆發了小金庫醜聞。縣警內部有人告發，媒體大肆報導。接連兩處縣警也爆出相同的內部告發，各家媒體打出全國每一處警察本部都有私設小金庫的論調，抨擊警察組織腐敗。

伊丹認為，這件事雖然與他並非直接相關，卻也不能說事不關己。任何一處縣警本部，或多或少都有類似的行為。伊丹不知道這能不能說是警察組織腐敗，但如果說是歷史共業，也就如此了。

警察幹部當中，應該有許多人對報導內容火冒三丈。他們肯定想要說：私設小金庫有什麼不對？

當然，顯而易見，這種發言一旦說出口，就會遭到媒體群起圍攻，因此所有的人都三緘其口。

沉默壓得心情更加苦悶了。

刑事總務課長時枝治郎也神情憂鬱。

不過伊丹還不太瞭解時枝這個人。他覺得時枝應該是那種丁是丁、卯是卯的類型。因此他尚且無法判斷時枝是為了小金庫事件而一臉陰沉，或是原本就是長得一副這種模樣。

時枝課長一早就前來確定一天的預定，因此伊丹問道。

「那件事有什麼進展嗎？」

時枝課長不安地看伊丹：「那件事是指……？」

「兩起小金庫告發事件。」

時枝的表情更陰沉了。眉頭擠出深紋。果然是為了縣警的小金庫事件，才會如此愁眉苦臉。

「聽說在野黨的議員將在國會質詢這個問題。」

「在國會……？」

「聽說要在預算委員會上安排時間質詢。」

一旦在國會上遭到追究，問題將愈演愈烈。由某家媒體獨家曝光而掀起的這場風暴，會因為在國會上被提起，而愈演愈烈，媒體也會持續過度反應下去。

但伊丹還不太有真實感。

這確實是一件大事，警察組織成為眾矢之的。但就伊丹個人的感覺來看，只是媒體在小題大作罷了。

他認為最後一定又是船過水無痕。民眾總是這樣的。他們會一窩蜂討論新案子新問題，但也都是三分鐘熱度。

「唔，反正警察也不可能因為這樣就崩壞。」

「部長最好小心點……」

伊丹吃驚地抬頭：「我要小心什麼？」

「或許您在福島縣時代的事會遭到調查。」

「為什麼我會被調查……？」

「不，我並不是在說部長做了什麼。只是在傳似乎要趁這個機會，徹底清查地方的警察本部。部長之前是福島縣警的刑事部長，所以部長那裡或許也會受到某些調查。」

「我問心無愧。」

「我想是吧。」時枝課長說。「我也如此相信，但也有些人就是想雞蛋裡挑骨頭。」

伊丹突然坐立難安起來。

雖然他說問心無愧，但也知道福島縣警會利用假收據等等，另存一筆經費做為偵查之用。雖然這筆錢並非直接進入伊丹的口袋，但刑事部有小金庫一事，是千真萬確的事實。

其實每個地方的警察本部都會這麼做。然而現在這普遍的做法，卻要遭到究責。

「這種風波很快就會退燒的。」伊丹說。「忍到鋒頭過去就行了。」

「是，我也這麼想。」

這天也公務繁忙。在福島縣警時，伊丹的職位一樣是刑事部長，因此工作內容差異並不大，但因為是全新的職場，有時會搞不清楚東西南北。

一旦困惑、猶豫，工作很快就會停滯不前，光是這樣就會影響到其他工作。結果搞得一整天忙得像陀螺。到了下午近五點，才好不容易能喘口氣。下班時間就快到了，但準時下班回家，是遙不可及的夢想。

電話響了。是內線。來電者是時枝刑事總務課長。聲音聽起來相當緊張。

「怎麼了？」

「警察廳的長官官房來電。」

「長官官房……？」

「我想是為了國會的在野黨議員質詢……」

伊丹大吃一驚：「怎麼會為這種事打給我？」

「這我也不清楚……」

「打電話來的人是誰？」

「長官官房的總務課長。似乎是新上任的課長，他自稱龍崎。」

伊丹垮下肩膀，鬆了口氣。

「原來是龍崎……」

「部長認識嗎？」

「我和龍崎是同期，而且我們從小學就認識。」

時枝的聲音也變得安心許多。

「原來是這樣……那麼，可以轉接給部長吧？」

「嗯，馬上幫我接過來。」

片刻之後，話筒傳來龍崎伸也冷淡的聲音：「我有事要問你。」

「這麼久沒連絡，連聲招呼都沒有喔？」

「這是公事。我不想廢話浪費時間。」

「打招呼是廢話喔……什麼公事？」

「在野黨議員要在國會質詢兩起縣警小金庫問題。」

「好像是呢。」

「擬定長官的答詢稿，也是我們的工作。」

「這樣啊……」

「這是我的初陣，我需要你的協助。」

初陣……

確實如此。在媒體的抨擊助長下，在野黨議員勢如破竹，究責起來肯定刀刀見骨。答詢稍有閃失，警察廳長官就會淪為全國笑柄。

龍崎等人必須成為長官的防波堤。

要擬出銅牆鐵壁的答詢稿。這是一場艱鉅的戰爭。

「只要是我能幫忙的事，都儘管開口吧。」

「我想要你告訴我，你在福島縣警時的狀況。」

「你想知道什麼？」

「你們有小金庫嗎？」

伊丹啞然失聲。如果說這就是龍崎的作風，也就如此了，但他第一次被人如此單刀直入地逼問。

「我可沒有。」

「但縣警本部呢？」

「縣警本部長沒有指示做小金庫，一切都是現場人員的行為。」

「這樣的話，就等同是你這個部長下的令吧？」

「我沒下這種命令，也沒有拿縣警的錢中飽私囊。」

「我不關心那些。我想知道的是，實際上福島縣警是否真的有自己的小金庫。」

時枝才剛叫伊丹要小心，但伊丹完全沒料到會被自己人迎面砍來一刀。

伊丹這麼想，氣急敗壞地說：「不，我並不清楚這些狀況。」

「你是部長，什麼叫你不清楚狀況？這是督導不周。」

「等等，你這些話都是以有小金庫為前提吧？」

「我認為應該視為有。現在被揪出來的只有兩處縣警，但從媒體的論調來看，這是全國性的現象，曝光的只是冰山一角。我們也必須以此為前提來思考。」

「否認就好。只要警察廳長官正式否認，全國的警察官也會放下心來。」

「在野黨的議員都要在國會質詢這件事了，肯定也是有備而來。或許他們接到了新的內部告發。不可能在毫無前提的情況下要長官否認。」

伊丹忍不住低吟起來。

他重新認清了龍崎置身的立場。

警察廳長官的發言，也有可能火上澆油。必須巧妙地迴避在野黨議員的追究，並說服國民接受才行。

換言之，也就是必須和媒體之間做出妥協。

這才是政治，也是長官官房的角色。而龍崎就是這個世界的一員。

伊丹感到毛骨悚然。

他總是宣稱自己是現場主義。一開始只是為了博取媒體的青睞，但實際前往現場，才開始切身體會到這麼做的重要性。

警察官必須瞭解現場。現在伊丹將其視為理所當然的主張。

但此刻他懷疑起自己來：現場主義或許只是一種逃避。

菁英的工作是管理。而既然身為官員，就不可能是政治不沾鍋。龍崎正在努力做好身為菁英的職務。

伊丹想像如果自己站在龍崎的立場。

他實在不可能勝任。

或許會抵擋不了沉重的壓力。畢竟他光是踏進警視廳的刑事部長室，就備感壓力了。

「你認為全國各地的警察都有這樣的行為嗎？」

「我認為應該是。」龍崎直接肯定。「不太可能只有幾個特定的縣警這麼做。」

「你這麼想的根據是什麼？」

「警察的幹部都是特考組出身，而特考組經常調動，跑遍全國各地。」

也就是說，不管是好或壞的習氣，都會在各個地方傳承下去，擴散到全國。伊丹認為龍崎的說法也有道理。

特考組警察官調動極快。成為幹部後，只待個一兩年就調走也是常事。之所以頻繁調動，目的應該是為了防止和地方特定組織或勢力勾結日深，營私舞弊。但這也有壞處。因為難保不會有一些不肖分子，認為反正只會待個兩三年，就為所欲為。

當然，他相信大半的特考組警察官都是兢兢業業的。當到縣警本部長的話，甚至有許多人在任期間堅守任地，絕不跨縣市旅行。

也有人因為不知何時會有狀況，連喜歡的高爾夫球都不打了。

但任何領域都免不了有心術不正的老鼠屎。尤其是特考組警察官，年紀輕輕便被國家賦與莫大的權力，不容否認，裡面也有些人自以為是起來了。

「我瞭解你的意思。但也不能說所有的縣警都有這樣的陋習。」

「問題是，或許他們根本不把小金庫當成陋習或貪污。」

「什麼……？」

「每一處縣警，第一線都資金匱乏。交通部想要更多巡邏車、警備部缺少保障人員安全的裝備，刑事部總是為了偵查經費不足而頭痛。可以用收據報銷公款的經費極為有限，但辦案是要花錢的。這種時候要怎麼做？就是使用假收據，平日就將資金預存到小金庫裡。然後縣警幹部再把這些資金提供給第一線人員。小金庫裡的錢，縣警幹部有權決定怎麼花，因此是以自掏腰包般的感覺提供資金。」

伊丹沉默了。

確實是有這樣的事。除了預算以外，還有另一筆小金庫的錢，這是事實。就像龍崎說的，傳統上這筆錢是做為偵查之用。

辦案很花錢。刑警光是移動，就要花交通費、餐飲費。分身乏術的刑警，才沒空每一筆小錢都事先提出申請。

於是也有調查員會自掏腰包。這種情況，幹部會塞錢給他們，叫他們拿去用。很多時候，這筆錢就是從小金庫來的。

伊丹不覺得這是壞事。既然預算供應不足，就只好自行想辦法解決。就是這樣的感覺。

他覺得漸漸被逼到牆角了。

「或許是有這種情況……」

「實際上應該有。我自己待在地方的時候，也有過這樣的經驗。」

伊丹都忘了。龍崎在調回警察廳以前，也待過各地方警察。

那個時候小金庫早已行之有年。稱為「小金庫」，感覺似乎見不得人，但實際上就是預存的一筆辦案資金。

吹哨者所揭弊的，是其中也特別惡質的情況，亦即縣警幹部將預存的錢拿去做為平日吃喝玩樂的開銷。伊丹認為這可算是狀況外菁英的典型。他們把縣警的錢當成了自己的錢。

「在我的任期中，福島縣警或許也有小金庫，但我並未掌握實際狀況。」

「也就是你明知有這樣的事實，卻視而不見嗎？」

「……倒不如說就像你說的，我並沒有把它當成多大的問題。只覺得這是長年來的慣例做法。」

「在野黨和媒體就是要追究這一點。他們說這是警方長年以來貪腐的陋習……」

「貪腐？」伊丹登時激動起來。「把另存的錢拿來私用，或許確實是壞事。但如果沒有這筆錢，刑警連出差都會成問題。都說只要轄區警署成立搜查本部，該署該年度的預算就會大赤字。警察官們是在這樣拮据的狀況中，粉身碎骨地辦案啊！」

「很可惜，媒體是不會接受這種說詞的。」

「我看那些媒體自己也會假造收據報帳。他們平日應該就以招待費為名目，拿不實收據盜領經費。那些總額加起來應該也很驚人。」

「每個人都是丈八燈台，照得見別人，照不見自己。尤其是在高舉社會正義旗幟撻伐異己的時候，更是如此。」

伊丹整個無所適從了。因為龍崎的這通電話，害他開始覺得一直以為事不關己的小金庫問題臨到頭上來了。

伊丹提心吊膽地問：「你的意思，是要我怎麼做？」

「我希望你幫我。我也不知道該怎麼辦才好。」

這話讓伊丹驚訝極了。

龍崎這個人總是自信十足。他一直相信龍崎是個相信原則，以合理邏輯做為武器，堅定不移的人。

「我沒想到會從你口中聽到這種話。」

「怎麼說？」

「因為你總是知道該怎麼做。」

「這次的問題無從迴避。媒體抨擊的是警察的體質本身。或許會因為小金庫問題，延燒到警界特考組與基層這雙重結構的問題。」

「這種事，事到如今還有什麼好提的……？」

「因為從外界指出問題很簡單。在野黨也搭媒體的順風車，嚴厲追究。

不管說什麼，聽起來都只會是託詞。但我們不能讓長官在國會做出貽笑大方的牽強辯解。」

伊丹覺得龍崎的聲音透露出苦惱。

這麼說來，龍崎說這是他身為長官官房總務課長的初陣。

當然會緊張無比吧。也有著絕不能失敗的沉重壓力。

伊丹以為龍崎從來不會感受到這類壓力。

但原來他也和一般人一樣，是會痛苦煩惱的。一想到這裡，伊丹不知為何鬆了一口氣。

「我不知道我能幫上什麼忙，但絕對會兩肋插刀。」

「把你知道的全都告訴我。」

「這樣就能幫上你嗎？」

「目前的當務之急是蒐集情報。」

「好。」

伊丹決定知無不言。

內容很單純。

首先蒐集假收據報帳，將錢放入縣警的小金庫。這筆錢大部分是由部長決定如何使用。

因此，會出現有些部長將其挪作私用的情形。

「我可以發誓，我絕對沒有公款私用。」

伊丹說，話筒彼端傳來龍崎冷漠的聲音：「問題不在這裡，而是全國所有的警察署都有這樣的小金庫。」

「只要是公務員，都會這麼做吧？」

「我知道，不光是警察而已。像公立學校也會虛報差旅費，把錢拿去用在尾牙新春宴上。但警察總是容易成為眾矢之的。」

「你打算怎麼處理我的證詞？」

伊丹不安起來，忍不住要確定。

「我還沒想到。」

「你不會讓長官的答詢出現我的名字吧？」

「目前我不這麼打算，但若有必要，或許會這麼做。」

「喂，別開玩笑了。因為你說要蒐集情報，我才告訴你的。」

「為了提高情報的可信度，必須揭示情報來源。」

「因為是你，我才據實以告的。」

「不管對方是誰，你都應該據實以告。」

總覺得龍崎漸漸恢復他平常的步調了。儘管只有一下子，但伊丹覺得同情他真是錯了。

伊丹更覺得被逼進死胡同。他好不容易才爬到警視廳的刑事部長之位，難道要就此垮台了嗎？

特考組菁英與基層間的差距有如雲泥之別，但特考組之中亦有階級之分。是東大法律系畢業與私大畢業的不同。伊丹認為自己能爬上這個位置，全靠自己的力爭上游。他不想因為一通電話，讓過去的努力付諸流水。而且是因為兒時玩伴的電話。

「不要亮出我的名字。」

「我會盡量。」

「不是盡量，我要你保證。」

「我無法保證。」

「你叫我幫你，我才說的。」

「沒錯，你的證詞很有幫助。」

「你說你不知道該怎麼辦才好，是騙我的嗎？」

「是真的。我還不知道該怎麼做。但聽到你的說法，我覺得似乎找到方針了。」

所以才突然找回了原本的步調嗎？

「什麼方針？」

「還不能說。打電話給你真是對了。再見。」

電話單方面掛斷了。

伊丹話筒還按在耳上，聆聽著「嘟嘟」聲好半晌。

這時枝課長進來了，伊丹連忙放下話筒。

「怎麼了？」

「綾瀨署轄區發生命案，搜查一課長想要報告……」

「馬上叫他過來。」

龍崎的事固然教人掛心，但分內的工作也不能疏忽了。

田端搜查一課長進入部長室。伊丹也還不是很熟悉這名課長。

他粗脖厚背，讓人聯想到山豬。

「綾瀨署轄內，東綾瀨三丁目的東綾瀨公園內發現一具女屍。因為有犯罪嫌疑，搜查一課也出動了。驗屍官到場驗屍後，判定是他殺。現在朝命案方向展開偵辦。」

「命案啊……」

這是伊丹接任刑事部長後的第一起重大刑案。

田端搜查一課長和時枝刑事總務課長都默默地看著伊丹。伊丹不解，回視兩人。於是田端課長開口：「部長，請下達指令。」

「指令？」

「是要成立搜查本部，或是特搜本部。」

「啊……」

伊丹並非不熟悉刑事部長這個職位。他在福島縣警已經累積了充足的經驗。然而光是調到警視廳，就讓他不必要地緊張。

再加上龍崎的電話讓他憂心忡忡，導致一時恍神了。

「凶嫌有眉目嗎？」

伊丹問田端課長。

「尚未取得目擊情報。」

「感覺會拖很久嗎？」

「現階段無法斷定。」

「被害者的身分呢？」

「正在調查當中。年紀約三十後半到四十前半，身上並無可供確認身分的物品。因此也有可能是搶劫行凶。」

「屍體是什麼狀況？」

「衣著整齊。驗屍官推測應該是勒斃。」

「好，將死者送交司法解剖，在綾瀨署設置搜查本部。搜查部長由我擔任，綾瀨署署長擔任副本部長。搜查本部主任，田端，就由你擔任吧。」

「瞭解。」

時枝刑事總務課長聞言道：「我立刻安排。」

兩人離開了辨公室。

伊丹大大地嘆了一口氣。

好了，接下來要正式上陣了。

2

搜查本部應該已經開始安排設置了。綾瀨署那裡也應該不等本部啟用，已經展開偵查了。田端課長和管理官們一定正站在連桌子都還沒擺好的禮堂或大會議室裡，就這樣討論起案情。

待主桌設好，召開第一場偵查會議時，伊丹就會被請過去。

偵查會議應該會在今晚八點召開。在那之前，調查員會四處查案。

看看時鐘，指針剛過五點多。

比起搜查本部，伊丹更擔心龍崎會如何處理從他那裡聽到的內容。

剛掛掉電話時，他這麼想：「龍崎雖然那樣說，但他應該還知道手下留情吧。尤其我和他又從小認識。」

然而擔憂卻愈來愈深了。

龍崎這個人真的懂得什麼叫手下留情嗎？

他是個比起人情，更重道理的傢伙。伊丹也曾被他的合理主義救了一把，但現在或許會因此被逼入窘局。

或許龍崎會把它當成一例，向警察廳長官報告。為期報告正確，有可能說出伊丹的名字。

龍崎在電話裡說「為了提高情報的可信度，必須揭示情報來源。」。

伊丹更加不安了。

媒體的批判聲浪高漲，演變成在野黨議員出面追查的狀況，如此一來，警察廳長官也無法對小金庫問題坐視不見了。

也有可能採取雷霆手段。或許會將引發問題的縣警本部長革職。若是如此，伊丹也不可能全身而退。或許會溯及既往，追究他的監督責任。

不，現在必須把心思放在綾瀨署轄區內的命案才行。

就任警視廳的刑事部長時，伊丹就做了個決定。他原本就是現場主義，但他決定在警視廳要更進一步，成立搜查本部時，都要身先士卒，在第一線指揮。

他也考慮向媒體公開一切情報。當然，偵查必須保密的內容，絕對不會洩漏。他認為往後的警界必須和媒體打好關係。不光是警方記者會，他打算遇到記者堵麥時，隨時有問必答。

真誠聆聽現場的聲音，通情達理的刑事部長。這就是伊丹追求的理想形象。多少需要一些演技，但這是職務所需。扮演特定形象本身並不是壞事。

他從待在福島縣警的時候，就經常到搜查本部露臉。往後他想要更積極地參與搜查本部。

像東大法律系畢業的龍崎那些人，不必特別下功夫，自然就會步步高升。他們將會學到身為管理者的風範。私大畢業的伊丹，當然會爬得比龍崎他們更慢。因此他覺得既然這樣，就好好地學習現場的做法。

瞭解現場，應該能成為他獨特的強項。

他原本想要以振奮的精神參與搜查本部。然而龍崎的一通電話，卻搞得他心神不寧。

龍崎現在正在和其他縣警幹部通電話嗎？那些和他通電話的人，是不是都會變成處分的對象……？

總不會嚴重到被懲戒免職吧……？

一思及此，伊丹毛骨悚然。

警察官一旦遭到革職，就沒有退路了。原本退休後在民間的空降職位就不多，但若是懲戒免職，根本就無法妄想這條出路。

伊丹愈來愈覺得走投無路了。

早知如此，就不該如實相告。他應該否認到底，或裝傻到底。

現在再否定也為時已晚了。伊丹後悔不迭。

因為對方是他自小相識的龍崎，自己才忍不住說出實情。如果打來的是不認識的傢伙，他一定會更如履薄冰，步步為營。

也因為龍崎難得說了洩氣話。

聽到他求助，伊丹的優越感忍不住作祟起來。

總不會那也是龍崎計畫好的吧？伊丹甚至如此穿鑿起來。

不，龍崎不是那種狡猾的人。他開口求助，在那個當下應該是出自真心。就像本人說的，是聽著聽著定下方針來了吧。但他所謂的方針就是問題。

考慮到龍崎的個性，他很有可能無視個人的狀況，試圖淨化組織。

他應該會根據這樣的方針，來擬定警察廳長官的答詢稿。

或許我會淪為警察組織淨化的犧牲品。

搞不好這起命案會是我最後一個案子……

伊丹有些自虐地這麼想。

他也想過打電話給龍崎。他想再次確定龍崎會不會把自己的名字告訴長官。又覺得這麼做太難看了，打消了念頭。

交給龍崎定奪吧。事到如今驚慌失措也沒用。不管誰說什麼，龍崎都不會改變他的做法或方針吧。

因為龍崎向來自負他總是根據合理的判斷，選擇最好的做法。若是陷入對立，再也沒有比他更棘手的敵人了。

然後現在視情況，龍崎有可能變成敵人。

伊丹再次把手伸向話筒，又縮了回來。

不是為這種事煩心的時候。

他如此自戒。

他必須根據田端搜查一課長的報告，定下搜查本部的大方針。會議上或許會有新事證，但他想至少先決定好方向。

伊丹盯著先前田端課長報告時自己寫下的筆記。

東綾瀨公園。

女屍。年約三十後半到四十前半。

疑似強盜殺人。

無目擊證人。

司法解剖。

警察廳長官……

將根據龍崎等人擬定的稿子，在國會上進行答詢。

到時會提到福島縣警嗎……？

福島縣警會不會也成為媒體的俎上肉……？

伊丹赫然回神。

不知不覺間，他不是在思考案情，而是為小金庫問題糾結不已。

他試著再次專注在搜查本部上。

在發現新事證以前，依強盜殺人的方向偵辦應該沒問題。

死者衣著整齊，因此目的應該是財物。法醫說是勒斃，就無法從凶器追查兇手，但屍體或許留下了兇手的指紋、汗液或唾液等體液，或皮膚碎屑。

這些必須等待鑑識及司法解剖的結果。

若是隨機犯案，就有點棘手了。

伊丹心想。

隨機犯案的話，被害者和加害者之間沒有關聯，因此偵查多半會觸礁。

據說變成懸案的案子，大半都是隨機犯案。

若兇手是強盜，極有可能是隨機犯案。這種情況，無法期待從人際關係查出線索，只能徹底調查現場周邊和遺留跡證。

搜查本部的目的，是早期鎖定、發現及逮捕嫌犯。拖得愈久，線索就愈少，偵查也會愈形困難。因此必須在短期間內投入大量人力偵辦。

由於決定以強盜殺人為基本方針，感覺搜查本部的問題暫時告一段落了。

如此一來，心思又回到了小金庫的問題上。

伊丹找來時枝課長。

「有什麼事？」

「那個小金庫問題，你有聽到什麼具體內容嗎？」

「具體內容……？」
「就是警察廳長官的答詢。傳聞也可以……」
「不，我完全沒有聽說……部長有什麼疑慮嗎……？」
伊丹不能說他把福島縣警時代的小金庫狀況自己向長官官房的總務課長招認了。只會被認為這個部長怎麼蠢成這樣。
「會關心長官要如何答詢，是很當然的事吧。端看長官答詢的內容，風波有可能愈演愈烈。」
「與其問我，請教長官官房的龍崎先生應該更清楚吧？他是部長從小認識的朋友吧？」
伊丹忍不住板起臉孔。
「他現在正為了準備長官官房的國會答詢稿而忙得焦頭爛額，我不想打擾他。」
「但部長很關心吧？」
「是啊……」

「不管再怎麼忙，只是電話上問幾句而已，不打擾的。」

「我順帶問一下……」

「是。」

「警視廳的刑事部沒有小金庫吧？」

「請放心。相較於其他的道府縣警，我們的預算綽綽有餘，所以不需要另設小金庫。雖然底下各轄區怎麼樣，我就不清楚了……」

這句話引起了伊丹的注意。

「你查一下轄區的狀況。」

「什麼……？」

「媒體正上天下地四處挖消息。縣警的小金庫問題只是前哨戰，他們真正的目標可是警視廳。萬一轄區有另設小金庫的狀況，徹底通告下去，要他們立刻處理掉。這是部長命令。」

時枝一本正經地點點頭。

「我瞭解了。我會立刻處理。」

「交給你了。」

伊丹的目光落向桌上的文件。

「那個……」

聽到時枝課長的聲音，伊丹抬起頭來。

「什麼事？」

「真的很抱歉。」

「抱歉什麼？」

「轄區的小金庫問題，不需要部長指示，我應該要主動調查的。」

「別介意。只希望為時未晚。」

「是。我會妥善處理，絕對要防患未然。」

時枝離開了。伊丹注視著門口片刻。時枝確實是個一板一眼的人，但似乎不只如此而已。看來他相當機靈。

這時，伊丹第一次覺得或許可以和時枝相處愉快。

他再次望向電話。目光就是會無意識地飄向那裡。

時枝也建議他打給龍崎。

伊丹終於下定決心，拿起話筒，指示轉接長官官房總務課長。

一會兒後，傳來等待的嘟嘟聲響。

「喂，總務課。」

是龍崎的聲音。

「我是伊丹。」

「怎麼了？」

「你是依什麼方針擬定長官的答詢稿，我實在是很在意。」

「有什麼好在意的？」

「這……」

伊丹支吾其詞。

他突然覺得自己是在為了自保而周章狼狽。龍崎的口吻有讓人如此自覺的效果。

伊丹決定坦承：「如果你把福島縣警或我的名字供給長官，或許我會受到某些處分，不是嗎？」

「原來你是在擔心這種事？」

龍崎語帶厭煩。

「任誰都會擔心吧？因為你的方針，不曉得會讓火燒到哪裡去啊。」

「我的職責是滅火，不是搧風點火。」

「但你不是說為了提高情報的可信度，必須揭示情報來源嗎？」

「喔，那意思不是要說出你的名字，只說是和某縣警本部刑事部長談過就夠了。」

瞬間，伊丹啞然無語。

「也就是我不會受到處分吧？」

「目前的重點是兩處縣警的小金庫，不是福島縣警。而問題是縣警幹部將小金庫的錢挪作私用。你不是說你沒有公款私用的情形嗎？」

「對，但我以為會被追究監督責任。」

「要是為了這種事就處分，警察幹部就沒有人了。」

伊丹感覺緊繃的肩膀放鬆下來了。一陣虛脫。

我到底是在杞人憂天什麼？

「長官會做出什麼樣的答詢？告訴我你的方針吧。」

「我準備讓長官承認小金庫的存在。」

「要承認嗎？」

「也只能這麼做了。即使裝傻，在野黨議員也不可能接受，媒體也不會接受。既然如此，乾脆承認為上。承認之後，再說明改正措施。」

「改正措施……？」

「問題有兩個。首先是以假收據報假帳。另一個則是縣警幹部將小金庫的錢挪作私用。做假帳的部分，能改正的地方就改正，如果需要處分，就進行處分。至於縣警幹部私用的錢，則要他們全額繳回，並且針對需要處分的人進行處分。」

「你說處分，是懲戒免職……」

「只是挪用了部分小金庫的錢，懲戒免職太重了。我想應該是減俸幾個月。但我想遭到處分的特考組會自行辭職。」

原來如此，如果不是懲戒免職，而是主動辭職的話，就有辦法展開人生第二春。空降民間單位也並非不可能。

「這樣風波就會平息嗎？」

「除了這些，還有什麼問題嗎？」

被這麼一問，伊丹答不上來。媒體將這件事當成全天下第一大醜聞一樣大肆炒作，但整理細想之後，也只能像龍崎說的那樣處理。

怎麼，原來也沒什麼大不了的……

伊丹沉思起來。

小金庫當然是違法行為，身為法律守護者的警察內部竟然有這樣的陋習橫行，是個大問題。但警察也是公家單位，既然是公家單位，或多或少都有類似的行為。儘管是陋習，然而積習難改，也是事實。

話又說回來，也不是說往後就可以繼續沿襲下去。

因此龍崎才要請長官提出改正措施，進行說明。

感覺沒有更好的應對之道了。

為什麼呢？

伊丹心想。

即使是感覺嚴重到不可能解決的問題，只要經過龍崎條分縷析，就讓人覺得單純到不行。可以明白任何問題都有解決之道。

「我覺得你的方針很正確。」

「你還有什麼要問的嗎？我很忙。今晚可能要熬上一整夜了。」

「我可能也得熬夜。」

「出了什麼事？」

伊丹說明綾瀨署轄內發生命案。

「強盜殺人？最好不要貿然斷定。如果附近找不到丟掉的皮包或錢包，也有可能是歹徒故意模糊死者身分以妨礙偵查。搞不好是親近的人下的手。」

伊丹微笑。

「你這話也有道理。但辦案就交給我吧。你要去和政治家對抗。」

「沒錯。」

電話掛斷了。

放下話筒時，伊丹感到神清氣爽。

時枝課長過來了。

「差不多該請部長前往綾瀨署的搜查本部了。」

伊丹點了點頭，站起身來。

「好。」他對時枝課長說。「必須全力以赴，不留後悔。」

「不留後悔？」

「沒錯。」伊丹深吸一口氣：「這是我的初陣。」

休假

1

「既然身為公僕，我當然不會奢想休假。」

伊丹俊太郎對刑事部搜查一課長及兩名理事官說。田端搜查一課長和兩名理事官仍是立正姿勢。

「別那麼拘謹，我是在閒話家常。」

田端課長維持立正姿勢應道：「閒話家常？」

「是啊，所以放輕鬆吧。」伊丹面露苦笑。

搜查一課的田端課長階級是警視。非特考組的基層警察，幾乎不可能再往上爬。相對地，身為警視廳刑事部長的伊丹是警視長，比田端課長高了兩個階級。非特考組永遠不可能追上特考組。

沒有哪個課長聽到部長說「別拘束」，就會立刻不拘禮節起來。理事官更不用說了。

但伊丹仍會刻意做出這類發言。這樣可以塑造通情達理的好上司印象。

贏得部下和媒體的好感很重要。

「黃金週連假我也一直在工作。喔，我明白，你們也是一樣的，全國的警察官都是如此。這是公僕的職責，所以沒辦法，但我也是凡人。去個三天兩夜的溫泉旅行，應該不為過吧？」

「我可以發言嗎？」田端課長開口。

「不用客氣，有話直說。」

「我們對於部長休假一事，沒有任何異議。反倒是為何部長要找來各課課長及理事官說明理由，令人費解。」

伊丹有些慌了，但他有足夠的演技不形於色。他對自己的演技有自信。其實是他對休假感到有些心虛，想要趁早做出辯解。

田端一定已經發現了。

「最主要的理由是，我希望我有幾天不在的事徹底傳達下去。然後我想確認一下各課有哪些懸而未決的事項。」

「目前只有定期報告，沒有需要特別向部長報告的事。」

田端課長一本正經地說。

「這樣。」

「請部長放心出遊。」

「謝謝。」

「部長預定去哪裡度假？」

「群馬的伊香保溫泉。」

田端課長的表情有些沉了下來。

「如果可以，希望部長能留在東京都內……」

「我明白，但我並非本部長。」

若是縣警本部長，因為不知道何時會被召喚，任期間絕對不能踏出縣外。

但警視廳的本部長是警視總監。伊丹私下認為，沒必要連部長都被綁在東京。再說，他的旅程只有短短的三天兩夜，只請了週五、週六兩天假，剩餘的一天是週日。伊香保的話，開車兩小時就能趕回東京，他認為不是什麼大問題。

案子每天都在發生。但嚴重到需要成立搜查本部，由部長親自指揮的重大刑案難得一見。即使如此，光是出門進行三天兩夜的溫泉旅行，就得如此費心。不，或許他有些過慮了。

「這三天休假我不在家，會在伊香保溫泉。要找我就打手機。」

或許只要把各課課長找到會議室，如此宣布就結了。但這不是伊丹的作風。倒不如說，他擔心部下會怎麼說。所以凡事他都想要得到共識。

伊丹不會在沒有周圍支持的狀況下行動。他認為在組織當中，這才是最合理的做法。尤其官員組織更是如此。

乾綱獨斷，絕對會陷入舉步維艱的境地。

伊丹有過太多這樣的經驗。尤其伊丹雖然是特考組，卻是私大畢業。即使在今日，菁英官員的世界裡，東大法律系的派閥仍極為盛行，堅不可摧。

私大畢業者，無法爬上官員頂點的事務次官之位。事務次官是同期之中僅屬於一人的榮譽。

不，私大畢業的特考組官員，光是倖存下去就得費盡辛勞，從一開始就不在軌道上。因此伊丹格外重視身邊的人。只要是能成為助力的人，他都想要拉攏。

目前媒體對他印象不錯。爽快的言詞與瀟灑的西裝穿著贏得好感。有時也會刻意以制服穿扮在媒體面前亮相。這是為了讓他們感到意外新鮮。媒體喜歡這類表演，因此可以多賺點分數。

警視廳的刑事部長幾乎不會在電視鏡頭或報章雜誌上露臉。但伊丹認為和記者說些應酬客套話，是惠而不費。

在同學裡面，通過國家公務員錄取考試上級甲種（現在的I種）的伊丹，是菁英中的菁英。但分發後一看，光是私立大學畢業，就已經低人一等了。

伊丹會立志進入警察廳，是因為他覺得在警察廳，即使是私大畢業生，也能有所發揮。最重要的是，警界這個地方能夠滿足他的權力欲望。和其他政府單位大不相同。

不是單純的權力欲望而已。伊丹對警職有一份驕傲。他喜歡當正義的角色。不是何謂正義這種大哉問，他喜歡兒時看到的電視劇英雄那種毫無疑問的正義角色。伊丹總是想，人就愛想得太困難。正義其實是很單純的。善就是善，惡就是惡。

也有說法認為，偏離社會的行動就是惡。若是如此，世上就必定存在著一定數量的惡。伊丹認為這很理所當然。

有惡就有善、有正義。

「請問……」田端課長開口。「緊急時刻，打部長的手機連絡就行了，是嗎？」

伊丹點點頭。

「沒錯。」

「那就和平常一樣，我想應該沒問題。遇上緊急狀況時，我會派直升機去接部長。」

田端課長詭笑了一下。很可怕。即使明白他是在說笑，仍然不是很舒服。

「我祈禱不會有這個必要。」

伊丹在星期五一早開車出發。從首都高速公路進入關越道路時，塞車塞得頗嚴重，但沒多久車流就動了起來。他是一個人旅行。

從相當久以前，他和妻子就處於分居狀態，但並未離婚。離婚對警察官員的資歷傷害很大。

他一直想一個人悠哉地來場溫泉之旅。退休後愛怎麼旅行都行，但那樣就不稀罕了。他想趁著擔任公務繁忙的刑事部長期間實現這個夢想。這是他渺小的夢，也是渺小的抵抗。

伊丹這種生活方式會累積壓力。他必須隨時與周圍配合步調。即使遇上氣憤的事，也得一笑置之，讓周遭的氛圍保持明亮。

他不知道這樣是不是對的。但伊丹只能選擇這樣的生活方式。

他訂了伊香保最老字號的一家旅館。隨著靠近目的地，溫泉的景觀令他驚異。溫泉街就宛如攀附在崖壁上形成。

天氣不是很好，天色陰沉欲雨，但伊丹不在乎。如果下雨，關在旅館裡就好了。盡情地享受溫泉，悠哉地欣賞窗外景色。眺望山間雨景，也頗為愜意。

能有三天什麼都不用做的日子，才是最重要的。

抵達旅館，給前來寒暄的女傭小費，結束一連串入住程序後，伊丹換上浴衣，立刻前往溫泉。

他是頭一次來伊香保溫泉。溫泉水呈紅褐色。應該含有鐵分。溫泉澡堂古色古香，不管是浴槽、牆壁還是地板，都滲染了鏽色。

泡進熱水裡，他嚇了一跳。水相當深，沒辦法坐下來泡。感覺就好像走進了泳池裡。站著泡湯，似乎是這家旅館自古以來的傳統。

感覺平日的壓力都在溫熱的水中化掉了。伊丹享受著四肢百骸卸下來般的舒爽。

不能泡太久。難得來到此處，多來泡個幾次吧。

伊丹迅速擦乾身體，穿上浴衣。有些人泡過溫泉後，又會用自來水沖洗身體，但這是不懂得溫泉好處的人。這麼做會沖走溫泉水中含有的有效成分，讓泡溫泉的效益減半。

伊丹私下為懂得這種知識的自己感到驕傲。

因為是山中溫泉，他對晚餐並不怎麼期待，沒想到竟頗為出色。當到警視廳的刑事部長，也會陪政治家或媒體高層上高級日式餐廳用餐，因此他覺得自己的胃口算是被養刁了。

伊丹認為身為老饕也是必要的，口袋裡有知名餐廳和高級日式餐廳的名單是基本。雖然沒必要真正懂得品嚐美食，但需要具備能假冒美食家的知識。

這家溫泉旅館的料理，不像都內的一流日式餐廳那樣做作，樸拙的滋味反而令人感到新鮮。山菜料理和蒟蒻片，是群馬獨有的滋味。

伊丹已經決定，下榻這家旅館的三天兩夜，不開電視，也不讀報。因為只要一看新聞，肯定就會整個人掛心不下。

伊丹是眾所公認富有行動力的刑事部長。只要搜查本部一成立，他就必定會前往坐鎮。大半理由是這樣較能給媒體留下好印象，但另一方面也是因為他會對案情發展牽腸掛肚。

伊丹扮演爽朗不拘小節的形象。穿著時髦，又通情達理的菁英警察官員。而這樣的扮演也算是順利，贏得了身邊的信賴。

然而他心知肚明，自己其實是個愛操心的人。所以才刻意決定假期間絕不接觸新聞。

短短三天罷了，不可能出什麼岔子。伊丹忽然發現，他正這麼告訴自己。不行。會去想這種事，證明了自己尚未脫離日常。

伊丹慢慢地品嘗啤酒。他一個人過慣了，平時喝酒也不覺得有意思。單身的時候一點都不覺得有什麼，但一旦有過伴侶，不管期間再怎麼短暫，經歷過兩個人的生活後，一個人吃飯，還是會感到寂寞。

用過晚飯後，他望著日暮的山景。心想，明天去榛名山看看吧。

泡了茶，仔細品味。菸在進警察廳的時候戒掉了。以前學生時期，伊丹一天會抽上二十根，但他認為癮君子的形象不符合自己往後要打造的人格。

肥胖也不適合。因此也隨時留意健康狀況和體重，所以現在他依然維持著和年輕時期差不多的體格。

現場的刑警不忌口，想吃什麼就吃什麼，頂個大肚腩也毫不在意，菸也滿不在乎地抽。伊丹有時也會羨慕這樣的他們。但如果詢問現場刑警的意見，他們肯定會說真羨慕有餘裕留心健康的人。

伊丹正想再去泡一次溫泉時，手機響了。

他忍不住蹙眉。

都忘了。即使關掉電視，遠離新聞，消息還是會像這樣主動找上門。會在晚上打到手機的電話，幾乎都是壞消息。

「喂，伊丹。」

「部長，抱歉打擾您的休假。我是田端。大森署轄內發生命案。一名婦人被發現陳屍家中，四十五歲，無業。」

2

命案……

而且好死不死，偏偏是大森署的轄區。大森署有那傢伙。伊丹當下被拉回現實，心情一片慘澹。

他覺得自己早就預料到會發生這種事。愈不希望出事的時候，愈會發生重大刑案。老天爺果然不允許我休假。就連短短三天的假期，都吝於給予。

「告訴我狀況。」

「有證人説遇害女子有一名五十歲左右的男友，目前正在追查該名男友的下落。死者的房間或許有可以查到那名男子的線索。目前正在等待初步偵查的報告。」

「當然會成立搜查本部吧……」

「這件事正在和一係討論，但應該會成立。」

「命案的話，我必須在現場指揮。」

「這一點由部長決定。」

伊丹低吟起來。

只要交給負責庶務的搜查一課一係，搜查本部的安排絕不會有問題。但問題是接下來。依照慣例，搜查本部長都是由刑事部長或轄區署長擔任。自從就任刑事部長後，每一次命案的搜查本部，伊丹都一定親自擔任本部長。

他認為這次也應該比照辦理。身為搜查本部長的伊丹若是缺席第一場會議，將會是個問題。因為他想要讓媒體及轄區調查員留下他是個富有行動力的警察幹部的印象。

另一個目的則是向都民宣傳警視廳盡心盡責的形象。這陣子出現批評聲浪，說警視廳的破案率下降了。但這樣的批判其實是牛頭不對馬嘴。命案的破案率至少都有九成以上，從未下降。說到嫌犯逮捕率，也是形形色色。若論重大凶案，日本警方現在依然維持著極高的破案率。

那麼，怎麼會出現破案率下降的批評？因為即使只是微罪，警方依然會正式受理被害者的報案要求。

桶川跟蹤狂殺人事件、栃木集體私刑殺人事件時，批評的炮火集中在警方的應對上。批評認為，如果警方更嚴肅地面對被害者的求助，就能避免那樣的慘劇發生。

從此以後，各都道府縣警便改變方針，只要民眾報案，一率受理。就連原本各店家會自行處理的小竊案，也都必須當成刑案受理。

如此一來，案件數量當然會爆增，但調查員人力依舊。結果輕微的案子會被延後處理，或是擱置。

這就是破案率下降的真相。日本的警方依然優秀，改變的是警方置身的環境。因此伊丹總是想要多多宣傳警視廳的勤奮與誠懇。他認為這也是刑事部長的職責。

掛斷電話後，他決定先思考應對之道。不能現在立刻開車回東京。他已經喝了一大堆啤酒。萬一遇到臨檢，被發現酒駕，不曉得會被報紙和週刊寫成什麼樣子。

田端課長之前說「遇到緊急狀況，會派直升機去接部長」，但那應該是玩笑話吧。

伊丹有呼叫直升機的權限，但他無法判斷是否有這個必要。掛斷電話過了二十分鐘左右，田端課長又打了他的手機。

「一係做出結論了。將在大森署設立與本廳的聯合搜查本部。本廳的搜查一課會派二班過去，因此會是五十名人員的規模。主責管理官是池谷。」

「大森署那邊的應對怎麼樣？」
「當然應該沒有問題。」
「真希望嫌犯這時候已經落網了。」
「每個人都如此希望……」
伊丹悄悄地嘆了一口氣。看來旅行還是只能就此打住了。
「第一場偵查會議什麼時候召開？」
「調查員今晚就會前往大森署，但會議應該要到明天早上才會召開吧。」
在那之前趕回去就行了嗎……？
假設會議早上八點半召開，六點左右從伊香保出發，完全趕得上。
「我知道了。有狀況再連絡我。」
伊丹掛了電話。
他早已沒了泡溫泉的閒情逸致。腦袋切換到工作模式了。但或許明天得一大清早就踏上歸途，不趁著今晚享受一下溫泉旅情就虧大了。
他如此轉念。再去泡一次溫泉吧。轉換心情也很重要。

伊丹站起來時，手機又響了。

「抱歉再三打擾，我是田端。」

「是好消息嗎？」

「也不算是。」

「我想也是。怎麼了？」

「大森署署長拒絕成立搜查本部。」

這離譜的消息讓伊丹說不出話來。

他從來沒聽說過這種事。只要發生重大刑案，就會成立搜查本部。這是警界常識，從來沒有人對此提出疑問。

「部長，您在聽嗎？」

「我在聽。到底是什麼狀況？」

「我也不是很清楚……大森署的署長是部長的同期，對吧？」

「沒錯。」

「而且是從小認識？」

「對，我們小學是同班同學。」

「可以請部長直接和對方談談嗎？能夠說服對方立刻著手設置搜查本部是最好的……」

「我知道了。」

伊丹只能這麼回答。

掛掉電話後，他注視著手機好半晌。得打電話給那傢伙嗎……？

就像田端課長說的，大森署長和伊丹同期入廳，而且小時候認識。他的名字叫龍崎伸也。東大法律系畢業，因此在特考組當中，也屬於純種血統。然而卻會被調去轄區當署長，是有一番理由的。

是因為某起事件而遭到降級人事處分。並不是龍崎捅出了什麼婁子。完全相反。必須說，只有他一個人做出了正確的處置。然而警察這個組織，是無法光靠冠冕堂皇的做法混下去的。為了讓一切圓滿落幕，需要犧牲者。

伊丹認為，龍崎只是因為家人醜事成了那個犧牲者。

伊丹對龍崎有一份虧欠。別說當到刑事部長了，弄個不好，他差點就要被懲戒免職了。全都多虧了龍崎為他力挽狂瀾。

伊丹再嘆了一口氣。

盯著電話也不是辦法。儘管提不起勁，該做的事還是速速解決為宜。

伊丹撥了龍崎的手機號碼。三道嘟聲後，對方接聽了。

「我是伊丹。我有話跟你說。」

「是我們轄區的命案嗎？」

語氣十足公事公辦。伊丹覺得真的很龍崎作風。這傢伙總是老神在在，游刃有餘，從來不會氣急敗壞，彷彿覺得喜怒形於色是一種損失。

「對，聽說你拒絕設置搜查本部？」

「說拒絕太誇張了。我是說沒這個必要。」

「本廳的搜查一課決定要成立搜查本部，轄區照辦就是了。轄區拒絕成立搜查本部，這可是前所未聞。」

「我說了，我沒有拒絕，只是說沒有必要而已。」

「這是命案啊，當然需要搜查本部。」

「反正你一定會跑來主持，對調查員發表訓話對吧？」

「第一場會議我當然會參加。」

「接著召開拖沓的會議。」

「情報必須共享。」

「是在發言順序和發問口氣上斤斤計較的沉悶會議。」

「唔，咱們是警察官，隨時意識到彼此的階級，是理所當然啊。」

「然後分組讓本廳和轄區的調查員搭檔辦案。」

「因為這樣做最有效率。」

「我說，這些全是白費工夫。」

「什麼……？」伊丹大吃一驚。第一次有警察官說搜查本部是白費工夫。

他忍不住支吾其詞起來：「你這是什麼話……」

「剛好，省掉我打電話給你的工夫。只要鑑識等單位幫忙分析情報，開放給我們的調查員隨時取得，我們大森署自己就應付得來了。」

伊丹無法理解龍崎在說什麼。

「搜查一課說要以五十名人力偵辦。調查員數目當然愈多愈好啊。」

「不需要這麼多人。」

伊丹忽然不安起來。龍崎是一名優秀的警察官。以前他曾在警察廳擔任長官官房的總務課長。一個平步青雲、一帆風順的菁英警察官，突然被下放轄區警署了。

「難不成……」伊丹說道。「你該不會是疾世憤俗起來了吧？你是被調到大森署，懷恨在心，想要跟警視廳作對嗎？」

「少在那裡說些無聊話。」龍崎的語氣依舊，一片淡漠。「我只是討厭沒效率的做法。」

「搜查本部就是考慮到效率而創立的做法。」

「沒錯。利用人海戰術蒐集情報，集中並共享，以逮捕嫌犯。這種做法最為有效的時代，確實持續了很長一段時間。但這種做法也並非毫無弊害。」

「弊害？」

「沒錯。進入資訊儀器發達的現代，這套做法有太多無謂的浪費了。現在每一輛警車都配備有電腦終端機了。就連電腦，最近也都換成了PDA，以節省空間。已經進入這種時代了。」

「這我當然知道。」

「單純的知道和徹底理解是兩回事。」

「我可是刑事部長，當然徹底理解。」

「既然如此，就多用點腦。」

龍崎從警察廳的長官官房時代，就是個出了名的怪人。看來被左遷到轄區警署後，性情變得更加乖僻了。

「你這人還是一樣沒禮貌耶。我無時無刻不在動腦啊。」

「為了設置搜查本部，搜查一課一係和轄區庶務課一片兵荒馬亂。要找到空間設置搜查本部，要搬棉被到柔道場讓調查員過夜，還要牽專用電話線，指派專門人員負責會計和連絡。然後在正式啟用時，一定要舉行本部長致詞之類的儀式。」

「你為什麼老是看壞的一面？一直以來，搜查本部這個系統都能有效發揮功能，會質疑它的功用的，我看也只有你了。」

「不可能。一定有優秀的警察官認為絕對存在更有效的系統。在所有的調查員都持有手機的時代，根本沒必要牽專用電話線。而且現在通訊技術如此發達，不用一直開會，應該也有許多方法可以讓調查員共享情報。」

「你說到要共享情報，但又不能把偵查資訊放上網公開。電子郵件也不夠可靠。」

「警視廳應該也有網路系統的專家吧？應該有某些機密程度夠高的通訊手段。只要利用這些科技，就可以省去一次次要求所有調查員齊聚一堂開會的功夫。情報可以第一時間集中到幹部手上，迅速決定偵查方針。現在的偵查會議，把決策系統和情報蒐集系統混淆在一起了。這樣太沒效率。而且還有許多像本廳和轄區調查員彼此對立等多餘的要素。」

「你說的那是理想論。」

「沒錯。」龍崎的口氣表露不可思議。「追求理想是當然的吧？必須讓現實盡量貼近理想。為什麼不這麼做？」

伊丹語塞，只能發出低吟。龍崎總是以冠冕堂皇的言詞進攻，所以才難以反駁。而且龍崎不是單純為了爭論而振振有詞，而是真心相信，所以才更難應付。

「總之……」伊丹說。「本廳的搜查一課認為需要成立搜查本部。請轄區配合。」

「我不想浪費無謂的勞力、時間和金錢。」

「喂，拜託啦，只要你不耍任性，一切都能迎刃而解。」

「什麼？我什麼時候耍任性了？我只是針對往後的辦案方式，提出極有效的方案……」

「這件事我會慢慢考慮，但這次就聽搜查一課的吧，行嗎？」

「不，我這個署長判斷不需要搜查本部。」

「轄區署長沒有這個權限。」

「不，有。應該要有。長期以來，警察署的署長，慣例上都被當成特考組在修業期間，宛如少主般來走馬看花的職位。但這項陋習也正逐漸得到改革。換句話說，署長拿回應有權限的時代已經到來了。」

把這傢伙派去當警察署署長的人事，顯然是個錯誤。把他放在警察廳，或許他就會安於當個警察單位的齒輪，乖乖幹活。

把龍崎這種人丟到現場，就會想要搞改革、創新那一套。

「總之，我準備出席明天一早的偵查會議。在那之前，要弄出搜查本部的樣子來。」

「出席明早的偵查會議？」

「沒錯。」

「你不是去溫泉度假了嗎？」

伊丹一陣心驚。明明沒必要慌張，面對龍崎卻不知為何，讓他感到分外心虛。

「你怎麼知道？」

「聽說是田端課長說的。這件事應該也已經傳到專跑警視廳的記者耳裡了。跑得快的記者，一定會查到你的去處。」

伊丹的心情更暗澹了。

「這是我的私人旅行，跟記者無關吧？」

「記者可不這麼想。發現刑事部長隻身離開首都，一定會有人猜疑是否出了什麼事。」

「記者甚至會跑到溫泉勝地來堵麥？」

「可不能小看記者。」

啤酒帶來的醉意整個消退了。直到上一刻都還顯得閒適的室內景象，一下子變得蕭瑟不已。

「搞砸我的心情，你很開心嗎？」

「並沒有，我只是陳述事實罷了。」

「我們連悠哉地來一趟溫泉旅行都不行嗎？」

「當然了。我們是在為國奉獻。直到退休以前，我都不打算旅行。」

「這話要是從別人口中說出來，聽起來可能像諷刺，但你應該是認真這麼想吧。」

「我當然是認真的。」

「好吧。反正明天一早就要回東京了。」

一段短暫的空檔。這段沉默令人介意。

「我之前是在長官官房的總務課，熟悉媒體公關。也還有不少人脈。」

聽到龍崎的話，伊丹蹙起眉頭。

「你想說什麼？」

「你想留在那裡養精蓄銳吧？我的意思是，我可以讓記者不要過去騷擾。你沒必要回東京，在溫泉好好休息吧。」

「喂，我可不談這種交易。」

「我覺得這個條件不錯。大森署以自己的方式辦案，而你可以在那裡休養三天。」

「我對案子有責任。我有責任選擇最好的做法。」

「我也一樣。我從剛才就一直在強調這一點。你立刻打電話到搜查一課，向他們解釋沒必要成立搜查本部。」

「這……」

伊丹正想反駁，電話掛斷了。

伊丹盯著手機好半晌。

冷靜下來。總之萬一我在這裡做錯決定，後果將不堪設想。

依常識來看，無論如何都必須盡快說服龍崎才對。但感覺這項任務難如登天。對方要是個普通人，或許總有法子。但好死不死，偏偏是那個龍崎。

伊丹望向窗外。太陽已經西下，窗外是一片如墨的夜黑。聽得到風聲。依稀可辨的流水潺潺聲，是小溪，還是溫泉的泉源……？

伊丹承認，龍崎的話也有一番道理。只要聽從他的建議，就沒必要趕回東京了。可以悠哉地在溫泉待到後天。轄區警署會負起責任，處理案子。仔細想想，再也沒有比這更合理的做法了。

伊丹陷入苦思。

如果他人在警視廳，或許可以靜觀其變，隨時應對。也會有人給他解決問題的線索，事實上也有許多這樣的例子。無論本人是否意識到，但不經意的一句話，經常有助於做出決定。

像這樣遠離現場，單獨一個人思考，只會讓焦躁愈來愈深。

為何龍崎能夠那樣自信十足？他真的相信不用成立什麼搜查本部，也能將嫌犯逮捕、送檢，成功起訴嗎？

或許已經有了破案的眉目。不，這只不過是樂觀的期望。

如果龍崎有某些推測，應該早就告訴伊丹了。龍崎只不過是相信自己那一套是對的吧。

順水推舟也是個法子。雖然有風險，但只要事情如同龍崎說的發展，樹立既成事實的前例，或許往後警視廳就能省下莫大的開銷，更進一步有效運用人才。而伊丹個人也不必勉強趕回東京，待在伊香保的期間，亦能夠擺脫媒體的採訪攻勢。

心中的天平劇烈地搖晃。伊丹在無法做出結論的情況下，打電話給搜查一課的田端課長。

3

「大森署那裡似乎還沒有準備好……」田端說道。

「我就是要談這件事……」伊丹提心吊膽，卻仍努力維持威嚴地說。「設立搜查本部一事，能不能就算了？」

「什麼？」田端驚訝地反問。「為什麼……」

「我知道。但大森署的署長連絡我，說不需要成立搜查本部。」

「所以我希望由部長說服大森署署長……」

「他的說詞也有一番道理。」

「這不是有道理就能解決的問題。我們要派過去的人手，已經準備好隨時出動了。如果大森署不收，就在本廳設置搜查本部。」

「就算在沒有地利之便的本廳設置搜查本部，也沒有意義。」

「那就請部長立刻說服大森署。」

怎麼會這樣？

伊丹疑惑起來。

為什麼我非得在溫泉旅館成了夾心餅，左右為難？

「因為你優柔寡斷。」

感覺彷彿能聽到龍崎這麼說的聲音。

確實，即使被指責優柔寡斷也是自找的。但伊丹向來重視和諧，想要多方聆聽意見。他不認為這樣是不好的。

不好的是在各個關頭敷衍塞責，拖延問題。他很清楚這一點。

但現在他卻進退失據。總之，轄區警署居然拒絕設置搜查本部，這是史無前例的狀況。

「我想大森署不會被說服。」

伊丹對電話另一頭的田端說。

「這樣就難辦了。」

「既然如此，你親自去說服好了。」

「我去說服大森署長嗎？不可能的。大森署長不是那位龍崎先生嗎？」

「沒錯，就是那個龍崎。所以老實說，我也拿他沒轍。」

「我懂了。」田端課長以立下決心的語氣說。「我會親自率領二班，前往大森署。」

「喂！」伊丹大吃一驚。「你別做傻事。這樣做有什麼幫助？」

「但這樣下去沒個了局。只要殺過去，署長總不會把我們趕回來吧？」

「你冷靜一下。」

「我很冷靜。我只是想快點進入下一個階段。偵查行動拖延愈久，就愈不利於破案。」

「我知道。你有接到機動搜查隊的報告嗎？」

「有的。」

「鑑識那裡呢？」

「現在正在趕工分析。」

「那，你整理機搜的報告，讓所有的調查員都能夠立刻拿到。」

「呃……？什麼意思？」

「就像製作報告書那樣，整理出要點。鑑識結果也比照處理。」

「但這本來是搜查本部成立以後才會進行的作業……」

「沒有搜查本部，就不能做這些事嗎？」

「也不是這樣……」

「我會再跟龍崎談一談。但時間寶貴。所以你先整理好現在拿得到的情報，等搜查本部一成立，立刻就能展開偵查。」

「好的。我立刻著手。」

田端似乎總算同意了。

好了，接下來要對付的是龍崎。

伊丹覺得不管怎麼說、說什麼，都不可能說服龍崎。因為龍崎說的才是對的。警視廳重視儀式與形式。由於是公家機關，所以這也是無可奈何，但就像龍崎說的，有時這套做法會拉低效率。

但也並非百害而無一利。在同一個搜查本部辦案的調查員，會萌生出獨特的團結感。年輕菜鳥和資深老鳥搭檔，可以學到許多偵查技巧。警視廳人員調動頻仍，但是在搜查本部經驗各種現場，或是接觸署外的調查員，應該有助於減輕對調動的抗拒感。

也是有這些好處的。不能一味追求組織的效率。組織並非齒輪與發條的集合體，而是由一群人所組成的。

就算會有些效率不彰，但有一些必要的規則，應該也不是壞事。只要沒有人吃虧太多就行了。這是伊丹的想法。

這樣說，龍崎會接受嗎？他沒有自信。

但總之他非得和龍崎再談一次不可。

伊丹原本對著和室矮桌盤腿而坐，這時他站起身來，走到窗邊的會客區去。他悠然坐到沙發上，再喝了一杯茶。

窗戶就在旁邊，倚上去一看，可以望見溫泉街的燈光。伊香保著實是傍山而建的溫泉鄉，有許多坡道和石階。

由於上下起伏劇烈，有時可以在意外的地點看見其他旅館的燈光。旅館的女傭說，只要走出馬路，澀川街上的燈光便盡收眼底，頗為壯觀。

即使馬上就得打道回府，還是想好好看一眼這片夜景。

伊丹打手機給龍崎。

「我打電話給田端，叫他整理好從機動搜查隊等單位得到的情報。」

「很好。接下來就看我們這邊的調查員如何取得那些情報……」

「我說，田端已經讓步了，搜查本部的事，你再考慮一下吧？」

「只要把搜查一課整理好的情報交給我們就行了。」

「也不能這樣。本廳也有面子要顧。」

「我已經說過，拘泥那種東西沒有意義。」

「警察不是全靠邏輯在運作的。當然，就像你想的，追求合理性是對的。但警方是人在經營的組織，有時候感情會左右狀況。」

沒有回應。

「喂，龍崎，你在聽嗎？」

「我在聽。我在思考。原來如此，你的意思是，我在做的事，是違反人性的嗎？」

「我不是那個意思。你的想法是對的。必須追求效率才行。但改革不是一蹴可幾的。需要疏通、說服那些……」

「你是叫我搞政治？」

「身為署長，當然免不了政治周旋。」

一段空檔。這次的沉默很長。伊丹決定等待龍崎開口。

窗外果然有細微的流水聲。旅館旁邊有石階，底下就是馬路。再過去是一座小斷崖。

崖下一定有河流經過。伊丹正不經意地想著這些，傳來龍崎的聲音。

「好，給我一小時。」

「一小時……？」

「要不要設置搜查本部，我會做出結論。」

「你沒有選擇的餘地。」

「所以叫你給我一小時。」

伊丹尋思起來。如果龍崎打算拒絕到底，應該不會要求給他一小時的緩衝。龍崎肯定是打算讓步了。

「好吧。一小時後打給我。」

「瞭解。」

電話掛斷了。

伊丹立刻打給田端：「一個小時後，大森署應該就會有動作了。」

「還要再等一小時……？什麼……？請等一下。」

電話另一頭似乎正在交談。很快地，田端的聲音再次傳來。

「抱歉，大森署要求交出整理好的報告書。說要把那邊的調查員的問案結果傳真過來……這是怎麼回事？」

伊丹也不清楚。剛才田端課長也說過，這類資訊交換或整理，等到搜查本部成立之後再進行就可以了。

總之，伊丹必須打圓場：「我剛才也說了，這是為了節省時間。只要預先交換資訊，搜查本部成立的時候，開起會來就能更順暢。」

「好的……」

田端的聲音透露出他並不信服。

伊丹說：「總之，先等個一小時吧。」

伊丹掛掉手機，丟到會客桌上。

這種狀況，比待在本廳壓力還大……

望向時鐘。他覺得自從接到田端第一通電話以後，已經過了很久，但其實只過了約一個小時。還不到十點。

車聲傳來。這種時間，還有客人抵達旅館嗎？該不會是查到我的去處的媒體吧……？

伊丹警覺起來。但結果沒有人到房間來，內線電話也沒有響。在沒有新聞和報紙的情況下消磨一個小時，感覺意外地漫長。閒適地休息另當別論，但如果是等電話，只覺得時間過得極慢，令人不耐煩。

一小時後電話響了，分秒不差。十足龍崎作風。

「我是伊丹。大森署已經做好設置搜查本部的準備了吧？」

龍崎回應：「沒這個必要。」

伊丹頓時火冒三丈。

「你有完沒完？你不是理解我的話了嗎？」

「冷靜一點。」

「你別胡鬧了！這教人怎麼冷靜？夠了，我馬上過去。」

「已經解決了。」

「少在那裡五四三了，要是你以為什麼事都能如你的願，那就大錯特錯了……」連珠炮似地說到這裡，伊丹忽然停下來細思龍崎的話。「什麼……？解決了？什麼意思？」

「嫌犯已經落網了。是機動搜查隊的初步偵查中鎖定的可疑人物，我們署員進行問案後，查明了身分，是一名五十歲男子，和被害女子有男女關係。嫌犯躲在蒲田的朋友家，被我們逮捕了。」

「什麼……？」

「結果就跟我說的一樣吧？只要能共享資訊，我們署自己就可以搞定。」

確實就像龍崎說的。但伊丹不願直接承認。

「只是碰巧運氣好罷了。不是每一次都能這麼走運的。」

「總之，你明後兩天可以繼續待在溫泉悠哉休養了。」

聽到這話，伊丹感到全身頓時鬆垮下來。

「喂。」伊丹說。「媒體那邊，你真的會想辦法嗎？」

「對。交給我吧。不過沒想到你會去溫泉旅行……」

電話掛斷了。伊丹嚴肅思考最後一句話是什麼意思，但終究還是想不透。他是想說我不適合溫泉旅行嗎……？

打電話給田端，確認善後事宜後，伊丹大大地伸了個懶腰。

雖然不甘心，但伊丹覺得好像每回事情都會照著龍崎所說的發展。算了。託他的福，不用趕回東京，可以好好放鬆一下了。

好了，重新來過。就從再泡一次溫泉開始吧。明天要去榛名山逛一圈。

伊丹拎著手巾，走出了客房。

懲戒

1

早上出門時突然下起雨來。雖是陰天，但雲層很高，本以為可以撐到下午不下雨的……

這種日子總免不了出壞事。伊丹俊太郎心情沉重起來。晚秋的雨水十分冰冷。

一抵達警視廳，刑事總務課長時枝治郎立刻前來辦公室。伊丹心想，這也是不祥的兆頭。

「警務部有連絡……」

時枝眉頭緊鎖，神情陰鬱。伊丹總是覺得他這個人很陰沉。

時枝體型削瘦，氣色不佳，整個人顯得寒酸。伊丹想，如果世上有瘟神，應該就長得這副德行吧。

不過警務部連絡，到底有什麼事……？

伊丹默默催促下文。時枝以更為凝重的表情說道。

「還沒有召開記者會，但搜查二課的現職刑警，好像涉嫌在上一場參議院選舉時，試圖壓下違反選舉法的案子。」

伊丹忍不住仰頭望天。

「……那，那名參議院議員怎麼了？」

「似乎是有違反選舉法的嫌疑，但因為無法取得確證，最後並未對其辦公室及住家發動搜索。」

「是哪一黨的議員？」

「執政黨。」

伊丹覺得其中涉及政治考量。這若是在野黨議員，即使有些強硬，應該仍會進行強制搜查。

「會演變成大醜聞吶……」

「是的。」

「那名刑警也躲不過懲戒免職了。」

「警務部似乎是想詢問部長這部分的決定。」

伊丹吃了一驚。

「為什麼？警察官的賞罰和人事，是警務部的職務吧？怎麼會需要由我這個刑事部長來決定？」

「嗯……這個我也不清楚。」

「那名刑警叫什麼？」

刑事部的刑警數量極多，伊丹不記得每個人的名字。即使聽到名字，他也不認為會知道是誰，但還是想要問一下。

「白峰洋一，四十五歲，警部補。」

伊丹忍不住呻吟起來。

原來如此，是這麼回事啊……

白峰的話，他很熟悉。伊丹在警視廳的搜查一課擔任管理官期間，白峰曾在他負責的單位。

當時伊丹和白峰都還不到三十。白峰也才剛當上刑警，衝勁十足。

後來伊丹被調到各地方都市，白峰也在轄區警署累積經驗。伊丹以刑事部長的身分回到警視廳時，白峰也被分派到本廳的搜查二課。

睽違十幾年重逢，兩人也曾拋開階級和地位，一起去喝個幾杯。不，不可能真的拋開階級。

不容否定，伊丹的腦中一隅總是有著打造「親民隨和的刑事部長」形象的戰略。但他還是認為，他和白峰是真的交情很好。

當然，時枝課長應該也知道這件事。所以進入部長室時的表情才會如此陰沉。

警務部長一定也知道伊丹和白峰交情很好的事。

「那，這件事什麼時候會公布？」

「應該是處分決定之後。」

「萬一在公布前就被媒體探到消息，會更棘手。」

「所以必須盡快決定處分……」

伊丹不禁啞然。

「也就是說，叫我決定嗎？」

「警務部說是希望參考部長的意見，再決定處分……」

總有隔靴搔癢之感。

「好，我直接跟警務部長談。」

時枝行禮退下。

心情沉到了谷底。工作堆積如山，伊丹卻完全無心著手。桌上擺著各家早報，他總是先把社會版瀏覽一輪，但今天連報紙都不想翻開。

伊丹大大地嘆了一口氣。

身邊的人都以為他是個活潑而行動力十足的人。這是他一路努力塑造這種形象的成果，所以不願意讓人看到自己消沉沮喪的模樣。

討厭的事最好盡快解決。

伊丹拿起話筒，打給警務部長。警務部長名叫金澤豐，和伊丹一樣是特考組出身。階級也和伊丹一樣是警視長。但金澤晚了伊丹兩期，相當於他的後輩，但同樣都是部長的話，也可以說金澤升遷得更快。

伊丹總是表現得不在乎階級與職位，但其實他比別人更計較這些。

「喂，我是金澤。」

「我是伊丹。」

「喔，刑事部長……你是為了那件事打來的？」

「聽說你希望由我來決定處分？」

「不是的，我只是想聽聽伊丹部長的意見，做為參考。」

金澤這個人非常娃娃臉，戴了副眼鏡，額頭寬闊，又是天然鬈，伊丹私下覺得他很像丘比娃娃——戴眼鏡的丘比娃娃。伊丹腦中想像著這樣的臉孔，說：「我的意見，你打算參考到什麼程度？」

「這個嘛……」金澤含糊其詞。「這是個重大的問題，我很重視部長的意見。」

果然是打算要我來決定處分，伊丹想。

金澤是個工於心計的策士。

但伊丹參不透他究竟在打什麼算盤。

「人事處分，是警務部的份內職責吧？」

「這形同決定一個人的命運，我務求慎重。」

「瞭解。金澤部長不會是打算有什麼問題時，把責任推到我身上吧？」

「責任……？責任當然在公布處分並執行的警務部身上啊。」

「請別忘了這話。」

「當然。」

伊丹掛了電話。雖然得到口頭承諾，卻不能安心。

金澤說只是做為參考，但不可能只是這樣。小心為上。

總之，先會一會惹出問題的本人吧……

伊丹打電話給搜查二課長，要他把白峰叫到部長室來。

搜查二課長立刻帶著白峰現身，把伊丹嚇了一跳。搜查二課長名叫大畑善之，是三十八歲的特考組警視。

「我沒有請課長過來。」

「不，可是……這件事我也有責任……」

「這件事我們晚點再討論。總之，我想先和白峰單獨談談。」

「是……」

大畑課長一副不知所措的樣子，在原地站了一會兒，但沒多久便僵硬地行了個禮，離開辦公室。

白峰低著頭。似乎不敢抬頭。

「聽說你壓下違反選舉法的案子……？」伊丹開口。「你怎麼會做出這種事……？你也清楚一旦曝光，對警職生涯是致命傷吧？」

白峰不發一語，也不肯抬頭。

「警務部長要我提出處分。」

白峰冷不防跪了下來。

「對不起！」

伊丹急忙從座位跳起來。

「喂，別這樣！好了，站起來。」

「給部長造成這麼大的麻煩，我不知道該怎麼道歉才好……」

白峰跪在地上說。

「好了，先起來再說。拜託你站著好好跟我說。」

但白峰依然不肯起身，只是不斷地重複說「對不起」。

「告訴我到底是怎麼回事，否則我沒法做決定。喏，站起來說明。這是部長命令。」

聽到這話，白峰總算抬起頭來。直到剛才他都面無血色，現在卻是漲得通紅。伊丹擔心他會不會突然痛哭失聲。

「或許聽起來像辯解……」白峰總算站起來，開口說道。「但或許我是被人陷害了。」

「被陷害……？」

「說陷害或許有些過頭，但我肯定是遭人利用了。」

「我聽說是違反公職選舉法，具體內容是什麼？」

「助選員委託認識的人裝設貼海報的看板，並且支付金錢代價。」

「真微妙……對選舉活動的相關勞務支付金錢代價，也不算違反公職選舉法。」

「我也認為可以這樣解釋，但違法的嫌疑相當大。不僅如此，在選戰正式開始前，執政黨的眾議院議員便以暑期問候的形式，寄送許多印有候選人姓名的問候明信片。」

「算是選前宣傳呢……涉案的參議院議員是誰？」

「小柴孝英。」

「原來如此，是執政黨推出的候選人。那麼，寄送明信片的眾議院議員，是同一個派系，或是當地議員嗎？」

「是伊東耕助。小柴孝英曾經擔任過伊東耕助的私人祕書。」

伊丹心想：大人物登場了。

伊東耕助在執政黨當中，也屬於實力派，曾擔任過幹事長、總務會長及政務調查會長這「黨三職」。

伊丹感覺到硝煙味。發現小柴孝英背後是伊東耕助在撐腰，會有調查員投鼠忌器也不足為奇。不，只要是調查員，應該都很清楚不該為了這種理由而對偵查裏足不前。但辦案力道會減弱不少，也是無可厚非之事吧。

就聽到的來看，以違反選舉法來說是極為常見的情節。應該只要逮捕助選員當中的違法者就行了。每次選舉結束，都一定會有這樣的逮捕案件。一般都是在野黨議員的選舉事務所成為箭靶。候選人本身違反選舉法的情況，有時會導致當選無效，但大多數都是助選員被逮捕而已。

應該這樣就結了。但如果想要把案子壓下來，問題就會複雜化。若背後有伊東耕助在撐腰，一定會成為媒體絕佳的獵物。

伊丹問：「你認識小柴孝英嗎？」

「其實我們滿要好的。我們從他擔任伊東耕助的私人祕書時就認識了。他以前的職務就類似發言人，所以經常會接觸到。」

「壓下違反選舉法的事，是伊東耕助的要求嗎？」

「他是沒有明確的要求……」

「但有暗示是吧？」

「是以質問的形式。」

「原來如此……是問如果助選員做出這樣的行為，會觸犯多嚴重的罪，或是如果有誰不追究，是不是就不會曝光……」

「就是這樣。」

「但違法的情事，是出錢請人設立看板吧？只要逮捕幾個助選員就結案了才對。」

「問題是連坐制度。」

「連坐制度……？觸法的人是親戚還是什麼嗎？」

「觸法的助選員是小柴孝英的姪子。」

所謂連坐制度，是競選活動的組織活動管理員或候選人的親戚等，因賄選等情事觸犯選舉法，被判處監禁以上的刑罰時，即使候選人或準候選人未涉入其中，也會被究責。

「原來如此……」

真是太大意了……但這種事並不罕見。到了伊東耕助這種等級，已經是選舉老手了。在他的陣營活動的小柴孝英，應該也精通選舉法相關知識。但陷阱無所不在。

小柴孝英的姪子，或許是將設立看板視為單純的勞務。單純勞務的話，即使收授金錢，也不算違反公職選舉法。

「小柴叫我過去，我什麼也沒想，就去了他的事務所。他問了我很多問題，談著談著，我發現我無法脫身了。」

「拒絕就行了啊。」

「但當時我沒辦法這麼想。從小柴還是伊東耕助的祕書時，他就對我照顧有加。」

與政治家打交道相當麻煩。一點差錯，就會陷入這樣的狀況。

好了，這下該怎麼處理才好……？

伊丹默默地沉思起來。

「我會遞出辭呈。」白峰說。「我不能再繼續給部長添麻煩。」

「噯，先等等，別急著做出結論。」

嘴上雖然這麼說，但其實伊丹心想若是白峰辭職，接下來的處理或許會輕鬆許多。

若最後的懲處是懲戒免職，即使在事前提出辭呈，辭呈也會被忽略，優先處理懲處。但只要遞出辭呈，警務部就能酌情，考慮比免職更輕的懲處。如此一來，就不是免職，而是辭職，也可以拿到離職金。

伊丹發現自己在算計這些，有點陷入自我嫌惡。

白峰是他的朋友。不，從立場來看，或許不能說是朋友。但他們確實相當要好，相知相契。

原本的話，我應該要思考如何幫助白峰才對吧……？然後警務部將判斷交給我，也意味著或許我有辦法幫他一把。

伊丹又陷入沉思。

但這實在難以拿捏。如果想要從輕發落，金澤一定會認為伊丹手下留情。也等於是伊丹的管理能力受到質疑。

但若是從重處分，又會招來刑事部下屬責怪的眼神。他們會失望：我們還以為你這個部長會罩我們，真是看走眼了。

白峰低垂著頭，像在默默地等待伊丹開口。

伊丹說了。

「我瞭解狀況了。你千萬不能貿然行動。我會再連絡你。在那之前，你就照平常一樣工作。懂了嗎？」

「是。」

白峰深深垂下頭來。

2

問題是媒體公關。

伊丹一整個上午都在為白峰的處分煩心。刑事部長的公務極其繁忙，有一堆公文要他批核，而且萬一哪裡有搜查本部成立，他就必須親上火線指揮。

幸好今天沒有需要他去露臉的搜查本部。

伊丹一面辦公，腦中仍甩不掉白峰的事。

他正想用午飯，電話響了。說是外線。

「誰打來的？」

「說是伊東耕助議員的祕書……」

脖子一陣冷涼。

「接過來。」

外線立刻接通了。

「請問是伊丹刑事部長嗎？」

話筒彼端傳來沙啞的聲音。

「聽說您是伊東議員的祕書……？」

「是的。議員想請部長一起吃個飯，不知道是否方便？」

「您也知道國家公務員倫理規章吧？公務員嚴禁和有利害關係的對象聚餐。」

話筒傳來祕書的笑聲。

「是否有利害關係，就看怎麼想囉。」

「如果沒有特別的目的，應該不會沒事邀我吃飯……」

「是啊，不過午飯的話，應該不在禁止項目之列吧？」

真有一手，當到議員祕書，對這類法條也瞭若指掌嗎……？

在這種時間點邀他吃飯，肯定是為了違反選舉法的事。萬一事件曝光，當然也會拖累伊東耕助。

不要見面比較好——這個念頭瞬間升起，但伊丹又很好奇伊東耕助要說什麼。而且他也不認為自己有那個膽拒絕執政黨重量級議員的邀請。

伊丹猶豫之後說：「好的。就見面吃個飯吧。」

「今天接下來的時間如何？」

應該是看準了明天就會做出處分，開記者會公布。

「好的。」

「我們派車過去迎接。」

「不，請告訴我地點，我自己過去。」

「好的。」祕書說出赤坂某家飯店的中華餐館名稱。

抵達中華餐館後，伊丹立刻被領至包廂。

經常在電視新聞上看到的伊東耕助從圓桌對面站了起來。

「部長好，不好意思請您特地來這一趟。」

很謙虛。但政治家多半如此。乍看之下謙卑，實際上腦子裡想的都是要如何給對方下馬威。

沒看到祕書。只有伊東耕助一個人。

「請坐請坐。」

伊東耕助伸手指示對面的座位。伊丹忍不住緊張起來。在警視廳裡，伊丹這些部長的地位僅次於警視總監、副總監和警視監，因此在廳內絕不會遇到需要對人敬畏三分的情形。

但對外就截然不同了。警視正以上，全是國家公務員，但警視廳的部長職這個職位本身，只不過是東京都的職員。看在中央政府機關的特考組菁英眼中，根本算不上什麼。對執政黨的重量級政治家而言，更不值一提了。

確定伊丹坐下後，伊東耕助自己也坐了下來。服務生立刻來點飲料。伊東耕助點了啤酒，伊丹點了烏龍茶。

「我一直很想和站在第一線守護首都治安的部長像這樣好好談一談。」

「那麼您應該邀請公安部長或警備部長才是。」

「不，我對刑事警察很感興趣。因為直接從犯罪手中保護國民的，就是刑事警察。」

身為政治家，不可能只有這種程度的認知。這只不過是單純在給我戴高帽，伊丹心想。

「不敢當。」

「部長每天都很忙吧？」

「是的。畢竟每天都有案子發生。」

「那麼，當然也會為工作訂定優先順序吧？」

優先順序……

說得輕描淡寫，但這話肯定是某些鋪排。

料理陸續上桌，但伊丹根本無心品嘗。他只是機械性地將食物送入口中，食不知味。

「當然必須思考孰輕孰重。」

「遇到重大案件，無足輕重的案子就會被延後，有時也會睜隻眼閉隻眼放過，是吧？」

來了……

伊丹戒備起來。

「議員，這世上沒有所謂無足輕重的案子。對當事者來說，所有的案子都至關重大。」

「那只是表面話。這樣的想法確實重要，但處理案子的人若是把每個案子都看得一樣重，實在不勝負荷吧？」

伊丹對「表面話」這三個字起了反應。

因為他想起了某個人。那個人絕對不會表裡不一，而是相信表面話就是原理原則。然後他藉由貫徹原理原則，漂亮地解決了各種難題。

那就是大森署長龍崎伸也。

和伊丹同期入廳，也是他兒時的朋友。

「不是能否負荷的問題。處理案子的人，不能去評斷案子的價值。這不是在量刑。如同我先前所說，所有的案子對當事人來說，都是重大案件……」

「我知道你的意思。有時候跟蹤騷擾也會發展成殺人凶案。你是這個意思對吧？」

「不是這樣的。我是說，即使是跟蹤騷擾，對當事人來說，也是極其嚴重的。扒竊也是，對受害的一方來說非常嚴重。色狼也是如此，如果有人整天製造噪音，對附近住戶來說就是重大案件。並非只有命案才是重大案件。」

伊丹說著說著，覺得自己好像被龍崎附身了。確實，如果龍崎在場，或許會說出一樣的話。

聽到伊丹這些話，伊東耕助露骨地表現出不耐煩。伊丹見狀，一陣膽戰心驚。

這就是我比不過龍崎的地方……

伊丹想。龍崎的話，根本不會理會對方怎麼想。因為他自信自己說的才是對的。他相信比起地位或階級，正確更能贏過一切。

但伊丹就很難這麼豁達。他會忍不住察顏觀色，內心七上八下。

「很令人敬佩的心態。」伊東耕助說。「但我想談的，是更實際的問題。命案和強盜案從受害的觀點來看，確實是重大刑案，相較之下，有些事明明沒有實質損害，卻被當成案件處理。」

「損害的嚴重程度，是案件重要的要素。但我認為不能僅以受害程度來判斷案件輕重。取締違法行為，這才是我們的工作。」

「並非所有的法律都是對的。也有許多與現實脫節的法條。」

「思考這一點，並非我們的工作。這才是議員您的任務吧？」

「訂定、修正法律曠日廢時。有時儘管沒有實質損害，卻遭到問罪。這太沒道理了。」

「是嗎？我以為法律的訂定，都是有理由的……」

上菜應該已經進入尾聲。圓桌上擺了許多菜餚，但每一道都還剩下許多。

當然，伊丹不可能有食欲。

「看來部長沒這麼好對付呢。你應該也明白我請你來這一趟的理由吧？」

「我不知道該如何回答。」

伊東耕助一口氣喝完杯中剩下的啤酒。

「我聽說有一名刑警因為把違反選舉法的案子壓下來，受到處分。我立刻命令祕書打給警務部長關心，結果警務部說這件事交給你處理。」

金澤這混帳……

伊丹在心中咒罵。

看來那傢伙把白峰的事塞給我，就是想拿我當防波堤，抵擋議員的壓力。什麼要參考我的意見……那傢伙八成已經決定好要如何處分了，只不過是利用我來排除障礙及壓力罷了。

「確實是有這件事。」伊丹說。「但由於尚未公布，因此不方便對外部人士透漏。」

伊東耕助緩緩地點了點頭。

「如果我在這裡提出某些要求，反而會讓事情變得更複雜，所以你就當成我在自言自語吧。我希望這次的事最好能大事化小，小事化無。選舉是總力戰，每個人都在極限中奮戰。站在第一線衝鋒陷陣的時候，非常難以辨別究竟是對單純勞務的報酬，還是賄賂。事實上，即使是相同的行為，有時候卻不會有任何刑責。與其大費周章追查這種事，我更希望警方把心力放在更重要的案子上。這就是我剛才說的優先順序的問題。」

說完後，伊東耕助叫來服務生：「結帳。」

伊丹慌忙說：「請讓我付一半。」

伊東耕助望向伊丹。

「這樣做比較好嗎？」

「是的。萬一變成餐飲招待，彼此都麻煩。」

「喂喂喂，我不是說我沒有提出任何要求嗎？」

「原本連聚餐都是禁止的。今天就當成是私人飯局……」

伊東耕助的手停了一下，說道。

「好，那就各付一半吧。」

回到警視廳後，伊丹更加鬱悶。他覺得問題變得更棘手了。

萬一案子鬧上媒體，伊東耕助也被追究刑責，他會對我做出怎樣的報復行動？光是想像，就令人毛骨悚然。

伊丹打內線電話給金澤。

「伊東耕助要求我共進午餐。」

「真令人驚訝。你該不會答應了吧？」

「你的話，拒絕得了嗎？」

短暫的沉默。

「滿難說的。」

「我去了。剛回來而已。」

「他說了什麼？」

「叫我放下微罪，把心力放在重大刑案上。」

「這不是議員該對警察官說的話呢。」

「政治家什麼話都說得出口。」

「這算是施壓嗎？」

「你明知道，才會對伊東耕助的祕書說白峰的處分交給我了吧？」

「祕書確實有打電話來，但我可沒透露這事。」

這老狐狸……

「你是不是早就決定好處分了？」

「怎麼可能？」金澤發出假惺惺的驚訝聲。「我不是說過，會等聽過刑事部長的意見後再做決定嗎？」

「如果我說當做沒這回事，你會算了嗎？」

這次的沉默比剛才更長了一些。

「部長認為這樣做比較好？」

「只是假設。」

「我身為警務部的負責人，沒辦法當做沒這回事。若是不做出相應的處分，媒體也不會放過警方。」

「這我明白。那我問你，你認為要多重的處分，媒體和民眾才會滿意？」

「這個嘛……」金澤的口氣像在賣關子。「懲戒免職的話，就能平息輿論了吧。」

「你想要這話從我口中說出來就是了？」

「我說過，責任我會扛。」

「那只是形式罷了。廳內的人都已經知道白峰的處分交給我定奪。只要做出處分，所有的人都會認為是我決定的。」

「部長會在意嗎？」

被這麼一問，伊丹有些亂了陣腳。因為平時他總是扮演對自己的決斷力自信十足的角色。

「會。」他決定坦誠以告。「事關部下的信賴，也會影響士氣。」

啊，我又在玩真心話和表面話那套了。

伊丹說著，如此心想。

「請不勞擔心。處分的責任完全在警務部身上。」

這話讓伊丹忍不住想要挖苦幾句。

「不，我當然會擔心。畢竟你都把議員的壓力轉嫁到我身上來了。」

金澤笑了。

「因為我認為刑事部長的話，總有辦法化解……」

被奸巧地閃過了。伊丹掛了電話。

3

下午兩點多，時枝刑事總務課長到辦公室來了。

「怎麼了？」

「搜查二課長說想見部長……」

這麼說來，他說要另外討論搜查二課長的責任，卻就這樣擱下了。

大畑搜查二課長一定就和白峰一樣，正惶惶不安。伊丹把正在看的公文丟進未處理的盒子裡。

「好，叫他進來。」

時枝走出辦公室，換成大畑搜查二課長進來了。

大畑的階級是警視，這要是從前，他這個年齡應該早就升到警視正了。特考組與非特考組之間的階級落差問題受到正視，為了盡可能改正，現在傾向於推遲特考組的升遷速度。大畑就是不巧受到了波及。

特考組的課長總是焦頭爛額。因為絕大部分的部下年紀都比自己還要大。因此才設有理事官或管理官輔助，但最後負起現場責任的，還是課長。

因此坐在這個位置的人選，應該也格外優秀，但其中也不乏被壓力擊垮的人。

大畑現在就一副處在崩潰邊緣的表情。

「我聽過案子的梗概了。」

聽伊丹這麼說，大畑整個人一陣惶恐。

「沒有徹底掌握狀況，是我的責任。」

「不必全部往自己身上扛。」

「可是，白峰的事一旦曝光，部長也會被追究上級的督導責任。」

聽到這話，伊丹一陣怵然。

他沒想到這點，但大畑的擔心合情合理。或許警務部也考慮到這部分了。不只是課長，或許連部長都會被究責。伊丹自己也有可能受到某些處分。

金澤這老狐狸，他就是清楚這一層，所以才把白峰的處分交給我決定嗎……？也就是說，或許我等於是決定了自己的處分。

因為伊丹默不作聲，大畑更加惶恐。

「白峰會受到什麼樣的處分？」

伊丹有種遭遇偷襲的感覺，盯著大畑的臉說道。

「還不知道。其實剛才我被伊東耕助找去……雖然迂迴隱晦，但他要我搓掉這件事。」

大畑一臉驚愕。但那種驚愕若要說的話，感覺帶有幾許希望。

「這，呃……也就是……」

「別誤會了。我並不打算屈服於議員的壓力。」

雖然只有一點點，但大畑露出失望的表情。

答應伊東耕助的要求，也就是對白峰的醜事不予追究。如此一來，大畑的責任問題也隨之消失了。但萬一被媒體挖出這件事，肯定會引發群情激憤。弄個不好，甚至會讓伊丹丟飯碗。

大畑垂著頭，默默不語。或許他正陷於完全無法思考的狀態。肯定也無心工作。

課長這個樣子，不可能領導二課。現在搜查二課一定正人心浮動。

「小柴孝英的事現在怎麼了？」

「調查喊停了。」

「什麼時候？」

「老實說，他從調查名單被移除了。與其說是調查喊停，其實是完全沒碰的狀態。」

「他被移出調查名單？」

「選舉結束後，我們會依據事前的情資，製作調查名單，然後調查員同時發動強制搜查，但那個時候，小柴孝英就已經不在名單內了。」

從一般的偵查程序來看就知道問題了。

「也就是說，是白峰動了手腳……？」

「應該就是這樣。」

「你不清楚狀況嗎？」

「從名單移除的事，我沒有接到報告。所以……」

伊丹不想聽藉口。

「是什麼時候知道可能有違法情事的？」

「三天前。我們接到匿名檢舉。」

也就是密告。一定是選舉敵方陣營幹的。

「所以你們重新調查？」

「我命令白峰重新調查。但他的樣子看起來不太對勁，我逼問他是怎麼了，這件事才曝了光。」
「為什麼那個時候沒有報告上來？」
「這……我立刻找刑事總務課長討論了……」
大型組織，尤其是官僚組織，往往會發生這種情形。情報沒有送到該送到的地方，卻被多餘的外人嗅到消息。
「好。」伊丹判斷，再繼續聽滿腦子只想著如何保身的大畑說下去也不會有結果。「我知道狀況了。我會想一想。」
「是。」
大畑就要離開，伊丹叫住他問道。
「我記得白峰有個兒子吧？」
「最近才剛生第二個。」
伊丹後悔問了這個問題。
無法做出任何決定，時間不斷地流逝。已經快五點了。日班的下班時間快到了。

顧此失彼。而且目前的狀況，根據他的決定，也有可能害他被迫負起責任。事實上伊東耕助的影響力令人畏懼，媒體和輿論的反應更讓人膽寒。

伊丹抱頭苦思。不是比喻，他是真的雙手抱頭，苦惱萬分。

他抬頭看時鐘，接著把手伸向話筒，又縮了回來。一會兒後，再次碰了話筒。這回拿起來了，撥打號碼。

嘟聲響起，第三聲時對方接聽了。

「您好，大森署。」

「我是刑事部長伊丹。請轉龍崎署長。」

從聲音可以聽出對方頓時緊張起來。

「請稍等。」

電話很快就接通了，傳來龍崎不悅的聲音。

「什麼事？」

「一切都好嗎？」

「我很忙。沒事下次再說。我要掛了。」

「等一下，我有事想跟你商量。」

「反了吧？刑事部長怎麼會來找轄區人員商量事情？」

「咱們不是兒時好友嗎？」

「那跟公務無關。而且我早忘了小時候跟你認識。」

「總之聽我說吧。不過不能洩漏給第三者。」

「真拿你沒辦法。請長話短說。」

伊丹依序說明狀況。龍崎連應聲附和也沒有。

「喂，你在聽嗎？」

伊丹不安起來，忍不住確定。

「我在聽。繼續說。」

一定是一邊處理公文一邊聽。他真的有把內容聽進去嗎……？

伊丹說完後，龍崎當場說道。

「這到底有什麼好煩惱的？」

伊丹氣憤起來。

「你果然沒有好好聽進去。你要我把同樣的內容再重複一遍嗎？」

「不是。我無法理解你為什麼要為這種事煩惱。」

「我必須處分算得上好友的人。警務部似乎認為懲戒免職也在考慮之列。任何人站在我這種立場，都會左右為難吧？我想警務部的金澤也是因為不知道該如何處理，才會把問題推給我。」

「金澤……？喔，那個小我們兩期的……那種小人物，用不著理會。那傢伙是典型的『聰明反被聰明誤』。耍小聰明耍著耍著，就忘了原本的目的。他會交給你決定，就像你說的，是因為他真的無法自己做決定吧。」

「如果你是我，就不會煩惱嗎？」

「不會。因為根本沒必要煩惱。」

「那你告訴我，該怎麼做才好？」

「去做該做的事就行了。只有這條路。」

「什麼是該做的事？」

「辦案。繼續調查，舉發違反選舉法的事證。如果必須逮捕就逮捕。我們是警察，這才是第一要務吧？調查員的處分是其次。」

這麼一說，確實如此。

我怎麼完全沒想到辦案的事？注意力全放在白峰的處分上了。

「確實，調查必須進行。你說的沒錯。但這樣並不能解決問題。」

「為什麼？」

「什麼為什麼……對於想要壓下案子的刑警，還是必須做出處分才行。」

「如果繼續偵查，依違反公職選舉法的罪嫌逮捕了應該逮捕的人，那名刑警的企圖就等於未遂而終。也就是說，他試圖吃案，但並沒有成功。」

「啊……」伊丹吃了一驚。「的確如此。可是，還是有意圖妨礙調查的事實。」

「有誰主張受到妨礙了嗎？違反選舉法造成的社會影響相當大，調查員會謹慎行事，不是理所當然的事嗎？」

「可是參議院選舉結束很久了，現在才在調查違法事證……」

「跟時間無關。若有違法行為，隨時都應該舉發，這才是大原則吧？查清楚後，把人證物證移送檢調就行了。能不能定罪，由檢察官決定，有沒有罪，由法官決定。這些都不是警方的職責。聽你的說法，到底是對單純勞務的報酬或是賄賂，相當微妙不是嗎？檢察官有可能不起訴，就算起訴，也有可能無罪。如此一來，違法的助選員、施壓的議員、試圖吃案的刑警，都等於沒有了。」

沒錯，只要移送檢調，就不是警方的問題了。

被這麼一說，感覺合情合理。

聽到龍崎的話，伊丹漸漸訝異起自己先前到底是在苦惱些什麼？

簡直就像被施了魔法一樣。

「我擔心媒體。媒體一定會質疑怎麼這麼慢才展開調查。如此一來，刑警的醜事有可能曝光。」

「如果你對應付媒體沒自信，就丟給警察廳吧。我的後任谷岡非常優秀。應付不了的事就交給上頭，這也是原則。每個人都忘了自己是組織的一分子，硬想扛起辦不到的事，才會煩惱個沒完。不勝負荷就交給上頭去扛就行了。」

「但我擔心的是，施壓的是執政黨的重量級議員。」

「政治家真的自以為有辦法向司法機關施壓嗎？這只是媒體打造出來的幻想，實際上是相反，是官員要對政治家施壓。你連這都不明白嗎？根本用不著在意。」

多麼單純明快的回答啊！警察的職責是調查與逮捕。只要盡好這些本分就行了。

「不過……」龍崎補充。「我的意思並不是把那名刑警的所做所為掩蓋起來。如果該名刑警是出於某些意圖，刻意拖延偵查，就應該受到懲戒。要好好教訓他一頓。」

伊丹感到眼前豁然開朗。

我果然還是贏不了這傢伙。

「我知道了。你幫了個大忙。感激不盡。」

「用不著謝。我實在想不通，為什麼大家都不肯好好照著原則做事？」

電話掛斷。

伊丹感覺勇氣橫生，立刻去找警務部的金澤。

「我來轉達刑事部的決定。小柴孝英選舉辦公室涉嫌違反公職選舉法一案的偵查，將繼續進行。若是必要，也會進行逮捕。」

「然後呢……？」

「就這樣而已。」

「白峰的事呢？」

「偵查要繼續進行。這不會是什麼大問題。但白峰有故意拖延偵查的嫌疑。這部分我會嚴重警告。」

「嚴重警告……」

「這是當然的。因為偵查還在繼續。這樣一來，白峰就不算是吃案了。」

好半晌之間，金澤不發一語。他是在思考吧。他想要揪出伊丹的疏失，但應該已經黔驢技窮了。

「我懂了。部長的意見，我會參考。」

「這不是意見。案子還在偵查當中，表示這整件事還在刑事部的管轄內。也就是說，由我來定奪，沒你的戲。聽清楚了，白峰那裡，我會嚴重警告。這是最後決定。」

又是一段漫長的沉默。然後金澤開口了。

「太漂亮了，不愧是伊丹刑事部長。白峰的事，我會遵照處理。」

伊丹懷著凱旋的心情回到部長室，立刻打電話給時枝刑事總務課長，要他叫大畑搜查二課長和白峰到部長室來。

兩人立刻飛奔而至。

聽到偵查要繼續進行，兩人愣了一下，但聽到説明，眉心的結漸漸舒展開來了。

聽完之後，兩人都呆了似地全身虛脱。

「繃緊神經好好辦案。這次不許失敗，也不許拖延，聽到了沒？」

「是！」

大畑課長強而有力地回應。

「白峰，調查結束後，有嚴重警告在等著你。你要有心理準備。」

白峰一臉欲泣地說「是」，卻說不出聲來。

大畑就要離開辦公室，伊丹問。

「雨還在下嗎？」

「不，好像已經停了。」

「我想也是。」

微笑情不自禁地漾上面龐。

伊丹覺得這是他今天第一次露出笑容。

病假

1

一早醒來，伊丹就察覺不對。

被窩裡充斥著不適的濕氣，睡衣全濕了。胸膛一片汗涔涔。

伊丹心想不妙。發燒了。昨晚感覺還沒那麼糟，只是有點發冷，所以提早上床了。

腦袋昏昏沉沉。似乎燒得滿嚴重的。一活動身體，每個關節都在作痛。是流感。和一般感冒不同，特徵是會突然發起高燒。

他知道流感正在大流行。記得警務部厚生課有通知下來，叫他們去接受疫苗注射，但他因為太忙了，無暇去接種。

感覺量體溫看到數字會萎頓不振，因此他告訴自己沒事，爬了起來。

頭昏腦脹，強烈地發冷。關節也痛得很厲害。

但工作不能請假。房間裡的空調因為定時開啟，十分溫暖，卻還是冷得發抖。渾身大汗，卻冷得要命。

總之得擦個汗，換衣服……

妻子回娘家了。這陣子她幾乎都不在家，兩人實際上形同分居。只要碰面就開始口角，所以平時覺得妻子待在娘家，他也落得清靜。

但是像這樣身體出狀況，還是會希望妻子在身邊。他連自己都覺得這種想法太自私，但人一生病，怎麼樣就是會不安起來，想要有人陪在身邊。

全身倦怠，連換衣服都費了好一番勁。他祈禱今天會是和平的一天。只是坐在辦公桌前蓋印章的話，應該有辦法應付過去。

時間如果有餘裕，就去醫院打個針吧。這樣應該就會輕鬆許多。

伊丹這麼想著，出門上班。

抵達警視廳，坐到座位上，卻渾身無力，連挺直背脊都沒辦法。各課課長及理事官前來進行各種報告，內容卻是左耳進右耳出。

警務部的厚生課長過來了。

「部長是不是不舒服？」

「誰説的？」

「刑事總務課的時枝課長。」

可惡的傢伙，何必多事……

刑事總務課也扮演了刑事部幹部祕書的角色。

「沒事，有點感冒而已。」

「有點感冒……？看起來不像。部長是不是發燒了？」

「我很好。」

「或許是流感。現在正在大流行。您應該去醫院。」

「有時間就去。」

「不行，小看流感，後果很嚴重的。也有人因為流感而死亡。」

這話就像在對已經身體不適而不安的伊丹落井下石。

「我知道了。」伊丹指著積在桌上的公文説。「處理完這些，我就去飯田橋。」

飯田橋是警察醫院的所在地。

「請這麼做吧。站在厚生課的立場，不能坐視流感發生。我們必須將廳內的感染控制在最小……」

「好，我知道了。」

厚生課長離開後，伊丹覺得更不舒服了。他覺得照課長說的，快點去醫院比較好。

在公文上蓋著章，指頭陣陣刺痛。感覺燒得也更厲害了。

這樣下去不行。

伊丹放下印章。心想去看醫生吧。只要退燒，就有辦法執行公務。

伊丹準備外出。這時通訊指令中心同時傳出無線電訊息。

是通知第二方面的荏原署轄區發現屍體。

伊丹停下準備外出的手，再次坐下來。這樣沒法離開。至少也得先聽到有沒有犯罪嫌疑的報告才行。

若沒有犯罪嫌疑，就可以去醫院。也可以看完醫生直接回家。

他祈禱不是命案。

片刻後，搜查一課的田端課長過來了。

「部長聽到無線電內容了嗎？」

「荏原署對吧？」

「是的。據到場的機動搜查隊說，遺體身上有多處刺傷。」

眼前彷彿一片黑暗。顯然是犯罪。

「是命案吧？」

「應該可以如此斷定。」

「……那就需要成立搜查本部了。」

「這要請部長決定。」

這種程度的決定，不管身體狀況再怎麼糟都辦得到。

「查到被害者的身分了嗎？」

「還沒有。死者身上沒有可供辨識身分的物品。」

「遺體是什麼狀況？」

「女性，年紀約三十到三十五。頭髮染成褐色，看上去像從事特種行業的女子。」
「派一課的調查員到場。在荏原署設置五十人規模的搜查本部。立刻安排。」
「是。」
「搜查本部準備妥當後，我也會過去。」
瞬間田端課長露出擔憂的表情，把話吞了回去。
「怎麼了？」伊丹問。「我向來都會去搜查本部坐鎮啊？」
「不……只是我剛好聽到刑事總務課長和厚生課長的談話……」
「什麼？」
「說部長好像得了流感，希望您到醫院去……」
他們打算把我隔離是吧？
伊丹想。站在厚生課長的立場，這麼做或許才是對的。但遇到命案，就不是管什麼流感的時候了。
「沒事的。把狀況逐一報告給我。我想在今天前往荏原署坐鎮。」

「明白。」

田端以實在難說是「明白」的表情說，離開辦公室。

伊丹再次全身癱軟地靠在椅背上。

關節的疼痛變嚴重了。感覺視野也變狹窄了。雖然陣陣發冷，襯衣卻被汗泡濕了。

全身倦怠，什麼事都不想做。只想盡快鑽進被窩裡，倒頭就睡，但既然要成立搜查本部，暫時也不用奢想了。

搜查一課那裡鬧哄哄的。接到管理官指示的班要出動了吧。總覺得和平時看到的景色截然不同。缺乏現實感。

不行，病由心生，我得振作起來才行……

伊丹斥喝自己，身體卻不聽使喚。

他想至少到廳內五樓的職員醫療中心看一下。即使無法進行完整的治療，最起碼也會開個退燒藥給他吧。

伊丹起身，卻又臨時打消了念頭。如果去醫療中心，醫生很有可能連絡厚生課，如此一來，厚生課長又要衝過來囉唆個老半天。

搞不好會被強制送醫。接下來他必須前往搜查本部，在第一線指揮。沒空去什麼醫院了。

只要第一場偵查會議結束，確定偵查方向，後續交給搜查一課的田端課長就行了。只要撐到那時候就行了。

伊丹這麼鼓勵自己。

接到第一次報告後約三十分鐘，田端課長再次過來了。一看到他的表情，伊丹就知道有什麼壞消息。

「怎麼了？」

「荏原署向我們求救。」

伊丹忍不住蹙眉：

「什麼意思？」

「說調查員不足，無法派出五十名人力給搜查本部……」

「調查員不足……？怎麼可能？署裡頭應該隨時都保有這種規模的人力才對。」

田端課長表情肅穆地說道。

「是流感的關係。」

「流感……？」

「是的。荏原署說那裡流感大流行，有一半的調查員都病倒了。」

「從其他部門調人就行了。」

「當然他們也想到了，但就算湊了一堆沒有辦案經驗的人頭也……」

「不夠的人力，不能從我們這裡補足嗎？」

「還是有極限。本廳也沒有多餘的人力。五十人規模的話，等於要從本廳撥兩個班過去。再多就……」

伊丹沉吟起來。

沒想到會因為流感，對辦案造成阻礙。

他不知道該如何是好。平常的話，他的思路應該更敏銳。也許是因為發燒，讓他判斷力大減。

若是勉強思考，頭就會痛起來。

伊丹問田端：「你覺得應該怎麼做？」

田端又一臉擔心地看伊丹。

「部長去醫院如何？」

「不是說我，是搜查本部。」

田端似乎還想說什麼，但打消了念頭，沉思起來。一會兒後，他說：「只能請方面本部（註：日本各都道府縣的警察本部底下，劃分有兩個以上的方面本部，負責連續該區域內的各轄區警察署與本部，爲統籌角色。警視廳底下有十個方面本部）幫忙協調了。」

「好。」伊丹說。「你連絡第二方面本部適合的人選，轉接給我。」

「我可以負責連絡……」

這句話令人感激。如果伊丹身體狀況正常，或許他會聽從。然而現在他卻將之駁回了。也許是意氣用事起來了。

「不，這是我的工作。轉接給我。」

「好的。」

田端表情有些不滿地離開伊丹的辦公室。

頭痛愈來愈劇烈了。他自己也清楚，這不是能思考的狀態。但如果在搜查本部成立時，應該率領指揮的刑事部長請假缺席，伊丹覺得這是絕不能發生的事。

這麼遜的事，絕不能發生在自己身上！

桌上的電話響起，電子音刺激著腦袋。

「喂，伊丹。」

「我是第二方面本部的野間崎……」

不知為何，對方的語氣顯得惴惴不安。

野間崎……這名字在哪裡聽過，卻想不起來。

「抱歉，你的職位是？」

「管理官。」

「好，野間崎管理官，荏原署的狀況你聽說了嗎？」
「是，田端課長告訴我了。」
「應該會需要成立五十人規模的搜查本部，該怎麼做才好？」
「我認為應該向鄰近轄區署請求支援。」
「第二方面本部可以安排嗎？」
「當然可以。」
「那就交給你了。我想在傍晚前看到搜查本部啟用。」
「好的。」
「不用透過田端課長，直接向我報告。」
「好的。」
掛斷電話後，伊丹注意到厚生課長站在門口。
「什麼事？」
「部長沒有去醫院嗎？」
「我本來想去，但沒那個空閒了。荏原署轄區發生了命案。」

「不能交派出去嗎？」

「你以為有人可以取代刑事部長嗎？」

厚生課長沒有回答這個問題。他一定是認為答案是肯定的。

工作就是這樣的。如果請假，就會有人代班。但伊丹俊太郎的工作，只有伊丹俊太郎才辦得到。他如此相信。

「請部長至少戴上口罩。」厚生課長表情怨恨地說。

「我聽說過流感病毒極端細小，輕易就能穿過口罩。」伊丹反駁。

「口罩裡的濕氣，可以暫時抑制流感病毒的移動。」

「好。拿口罩來，我就戴。」

厚生課長暫時離開了。約五分鐘後，他真的拿口罩來了。

伊丹無奈，只得戴上口罩。他不認為口罩能防止感染，只是戴心安的吧。但總比毫不設防要來得好。

也許就像厚生課長說的，口罩裡的濕氣，可以某種程度減少病毒的進出。

第二方面本部統籌品川區、大田區等的九個轄區署。交給他們應該不用擔心。

傍晚前，搜查本部的陣容就會成形了吧。然後自己再悠然上陣就可以了。

田端課長前來報告：「本廳搜查一課的調查員抵達現場了。死者身上有多處刺傷，其中之一為致命傷。死因似乎是出血過多。要送交解剖嗎？」

司法解剖花錢也花時間。目前全國的解剖率依然低迷。但伊丹認為有必要這麼做。

雖然俗話說死人不會說話，但據說法醫學家認為屍體可是會滔滔雄辯。

「安排解剖吧。」

「好的。」

「搜查本部成立後，由你擔任本部主任。」

「瞭解。副本部長由荏原署署長擔任就行了吧？」

「嗯。」

「我現在要前往荏原署。」

田端課長離去後，伊丹發現自己戴著口罩對話。田端什麼也沒說，一定是不想被傳染流感。

關節疼痛、高燒、頭痛，沒有一樣有緩和的跡象。

厚生課長說也有染上流感而死亡的例子，這話在腦中復甦，讓他很不舒服。

電話響了。是第二方面本部的野間崎管理官打來的。

「怎麼樣了？」

「其實……」

看來是壞消息。

「怎麼了？」

「我向鄰接荏原署的品川署和田園調布署請求支援，但兩邊似乎都不克協助。」

「什麼？」伊丹忍不住粗聲粗氣起來。「什麼叫不克協助？鄰近轄區署彼此幫忙，不是天經地義的事嗎？總不會是無意義的地盤意識作祟吧？要是這樣，我要用部長命令強制他們協助。」

「不是那樣的……」
「那是為什麼？」
「一樣是流感的關係。品川和田園調布兩署也因為流感肆虐，導致調查員不足……」
伊丹整個傻住了。
就算正值流感大流行，他也萬萬想不到會變成這種局面。
據說東京都內，許多學校都停課了。但他絲毫沒想到警方的偵查能力會因此受到影響。
「沒辦法設法湊到人嗎？」
「只是湊人頭的話，或許是有辦法……」
伊丹想起田端課長的話。即使湊到一堆沒有辦案經驗的人頭，也無法指望成果。打腫臉充胖子也沒有意義。
「就沒有法子可想嗎？」
「其實……」野間崎管理官的語調放低了一些。「雖然和荏原署有點距離，但有個警署幾乎沒有受到流感影響。」

真是個好消息。

「是哪裡？」

「大森署。」

伊丹大吃一驚。

大森署。那傢伙掌管的署。

龍崎伸也署長。

「那，請大森署提供支援，派出調查員。」

「但是從地理上來看，要求支援的根據有些薄弱……」

確實，命案發生在荏原署轄區內，所以應該請鄰近轄區支援。但既然做不到，也顧不了這麼多了。

「同樣都屬於第二方面，協助是天經……」

說到這裡，伊丹想了起來。

難怪他對野間崎這個姓氏有印象。以前龍崎和野間崎曾經發生過衝突，是伊丹居中調解的。此後野間崎應該就把龍崎當成了眼中釘。

伊丹改口：「我知道了，我直接打電話給署長。」

「可以麻煩部長嗎？」

野間崎的聲音顯然鬆了一口氣。

儘管覺得讓個人好惡影響工作，相當不可取，但現在不是訓話的時候，再說，伊丹也沒那個力氣。

「嗯，龍崎我很熟，交給我吧。」

「感謝部長。」

伊丹掛了電話，立刻打到大森署，要龍崎接電話。

2

「什麼事？」

龍崎的聲音聽起來很不高興。每次伊丹打電話過去，他都是這副口氣。

「你知道荏原署轄區內發生命案嗎？」

「當然知道。這怎麼了嗎？」

「我想設置五十人規模的搜查本部。」

「很好啊。」

「但荏原署的調查員嚴重不足。是流感的關係。我向鄰近的兩個署請求支援，但那兩個署一樣被流感擊垮了，人手不足，無法供應所需人力。」

「我很忙。想抱怨的話改天吧。」

「我聽說你的署幾乎沒有受到流感影響，是真的嗎？」

「沒錯。」

「調查員也沒有受到影響？」

「沒有。」

「既然這樣，幫個忙吧。」

「什麼意思？」

「請大森署派出調查員。」

「方面本部的野間崎管理官也提出相同的要求，但我拒絕了。」

伊丹很驚訝。原來野間崎盡了分內職責了。然而轄區署長竟拒絕了方面本部管理官的要求，這讓伊丹大吃一驚。

「喂，這可是個大問題。轄區怎麼能不聽從方面本部的指揮？」

「因為理由不足以讓人信服。」

「這是命案，協助偵查是天經地義的事吧？」

「一旦發生重大刑案，就立刻成立搜查本部。在資訊儀器不足的時代，這是有效的做法。但現在有網路，也有手機。警車上也有PDA儀器。像這次命案這種規模的案子，即使不用成立搜查本部，應該也完全足以應付，這是我的觀點。我之前應該也說過了。」

伊丹感覺整個人愈來愈萎靡了。

「等我更有餘裕的時候，再聽你闡述觀點。總之，我決定成立五十人規模的搜查本部。你連絡荏原署，派出能支援的人力吧。」

一段沉默的空檔。

龍崎是在思考吧。伊丹等待對方開口。

片刻之後，話筒傳來嘆息。

「好吧。考慮到整個警界的做法，這也是情非得已。」

伊丹鬆了一口氣：「太好了。」

「對大森署來說，這是比流感更嚴重的重大打擊。」

龍崎必定滿腹牢騷，但這下總算可以成立搜查本部了。一放下心來，疑問便湧上心頭：「可是，為什麼只有你的署沒有受到流感影響？」

龍崎滿不在乎地回應。

「這是危機管理的問題。」

「危機管理……？」

「沒錯。」

「說得更具體一點。」

「厚生課不是通知下來，要大家去打流感疫苗？我要整個署落實全面接種，並且遵守時常換氣的指示。我聽說濕氣可以降低流感病毒的活動力，便在署內到處放置加濕器，架上擺了裝水的花瓶。」
「你們署裡沒有半個人因為流感請假嗎？」
「是沒辦法做到這麼徹底。不管再怎麼三申五令，就是會有人當成耳邊風。刑事課也有一個人得了流感請假。是一個叫戶高的刑警。他好像不理會我的通告，沒有接種疫苗。」
事到如今伊丹才後悔，應該去打疫苗的。
「其實我也得了流感。我忘了去打疫苗。」
「你理解自己的身分嗎？身為管理者，這是怠忽職守。」
「就算是管理者，也是人生父母養的，總是會感冒吧。」
「不，國家公務員的身體不屬於自己，有一半是屬於國家。」
「你是說，公務員連生病都不行嗎？」
「沒錯。」
這傢伙還是老樣子——伊丹楞了一下。
「生病是沒辦法的事吧？」

「這是自我管理的問題。我們公務繁忙，因此更必須盡量避免風險。流感肆虐，是眾所皆知的事實。沒有接種疫苗，就是怠忽職守。」

「好啦，我懂了，以後我會小心。」

「其他署應該都沒有把厚生課的叮嚀當一回事。所以才會搞到署內流感橫行。」

「八成是這樣吧。不過現在說什麼都為時已晚了。以後我也會小心，也會要各署留意。」

「這是當然的。沒事我要掛了。」

「好。」

電話掛斷。不等刑事部長掛電話就先掛斷的轄區署長，應該也只有龍崎一個人了吧。雖然也因為兩人自小認識，但大概龍崎認為在乎上下關係，是浪費工夫。

但伊丹還是認為龍崎異於常人。事實上，他的署避開了流感侵襲的風險。這個實績必須予以肯定才行。

在其他的署無法正常運作的情況中，只有大森署幾乎不受影響。這果然是形同魔法的功勞。

而乍看之下像魔法的現實，其實只不過是落實合理思維的結果。伊丹認為這就是龍崎的過人之處。

我果然贏不了那傢伙。

伊丹再次嘆息。

「大森署將派出十名調查員支援。」

過了下午三點，野間崎管理官來電通知。

「這樣就能維持五十人規模的搜查本部了。感謝部長。」

「要謝就去謝龍崎吧。」

「是……」

野間崎似乎不想直接和龍崎交談。算了。

「搜查本部預定何時啟用？」

「我想下午五點應該就可以準備完成。」

「好。啟用時我也會出席。」

「我會轉達。」

伊丹掛了電話。

他發現自己忘了吃午飯，但完全沒有食欲。感覺症狀愈來愈嚴重了。

至少要讓燒退下來。

伊丹猶豫之後，還是去了醫療中心。從椅子站起來時，一陣天旋地轉。五樓的醫療中心就在部長室樓下而已。這要是平常，他一定會腳步輕盈地走樓梯去，但現在實在沒那個力氣。他站在電梯前面等。

職員們看見戴口罩的伊丹，欲言又止地經過。

抵達醫療中心後，護士先叫他量體溫。他不想知道現在幾度。

將電子體溫計夾在腋下，靜靜地等待。寒意愈來愈厲害了。嗶嗶聲響起，看看體溫計上的數字，三十九度。

他頓時萎靡了。

聽到醫生叫診，他說出症狀，立刻進行檢驗。

「是流感呢。」醫生看著檢驗結果說。「我會開抗病毒藥和退燒藥。燒得滿嚴重的，我建議立刻回家休息。」

「抗病毒藥，是那個克流感嗎？」

據說服用之後，有可能做出異常行為。伊丹有些退縮。

「沒事的。截至目前，克流感與異常行為的因果關係尚未證實，而且據說服用克流感後會出現異常行為的，主要是未成年人。克流感對於治療流感非常有效，這一點無庸置疑。」

總之，伊丹只想先退燒。

「不能打針退燒嗎？」

醫生瞄了伊丹一眼，冷漠地說：「服用退燒藥，效果也一樣。」

伊丹納悶真是如此嗎？但還是領了藥回去六樓。他立刻服下克流感和退燒藥。知道自己居然燒到三十九度，伊丹更加萎靡不振，但總之已經領了藥服用，心理上好過一些了。

醫生叫他回家休息，但即使回家，也只有他一個人，沒有人會照顧他。確實，他有鑽進被窩的強烈欲望。要是能直接躺下來休息，不曉得會有多輕鬆。

好想拋開一切。接下來的事，一定會有人幫忙處理。我應該在家裡或醫院床上好好休息……

但不能屈服於這個誘惑。發生命案了。面對這樣的緊急狀況，刑事部長不可能舒舒服服地睡大頭覺。搜查本部是強調自己的存在感的絕佳機會。

一直以來，每次搜查本部成立，伊丹一定會前往致詞，也一定會到現場露臉。這是伊丹的作法。不知不覺間，這成了搜查幹部們眾所周知的事。這些行動的累積，也有助於建立對伊丹的信賴。

媒體對他的風評也不錯。這是他辛辛苦苦打造出來的表面形象。絕不能因為區區流感，損害自己的名聲。

開始劇烈咳嗽了。每咳一下，就頭痛欲裂。頭昏眼花。

看看時鐘。三點半。時間過得極緩慢。雖然有點早，但伊丹想要前往荏原署。從警視廳前往轄區署的話，可以乘用公務車。移動期間或許可以休息一下。

雖然也很關心辦案進度，但現在更重要的是安撫病痛的身體，維持體面。如果刑事部長拖著病體出席，搜查本部的調查員或許會士氣大振——他也有著這樣的算計。

伊丹說要去荏原署，刑事總務課長時枝擔心地勸道。

「沒問題嗎？部長是不是去醫院比較好……」

「我去醫療中心領藥了。不用擔心。我應該就待在搜查本部那裡，不會再回來本廳。接下來就交給你了。」

「是……」

讓別人擔心感覺還不賴。這也可以確認自己的地位。伊丹這麼想著，上了公務車。

靠坐在後車座後，他連一步都不想動了。車子行駛出去沒多久，他便打起盹來。

茬原署的禮堂搬進了桌椅，逐漸布置成搜查本部該有的樣子。不過，電話和電腦好像還沒有裝好。

但伊丹一抵達，署內仍立刻召集調查員。他先被領到署長室，茶端上來。溫茶意外地美味。因為他喉嚨非常乾渴。

署長沒有來打招呼，伊丹正覺得奇怪，結果茬原署的警務課長卻如此說。

「非常抱歉，署長得了流感，今天請病假……」

伊丹頓時一股怒氣衝腦門。

要說得流感，自己也是一樣的。而且他還發了三十九度的高燒，但他依然像這樣賣命幹活。自家警署的轄區都發生命案了，居然還敢請病假？這樣還配得上署長之位嗎？

伊丹很想連珠炮似地這麼訓斥，但用力按捺下來。

「我也得了流感……這真的很難受。好了，本來想請署長擔任搜查本部的副本部長，但現在……」

警務課長似乎完全理解了伊丹的弦外之音，臉色很難看。

「請問……由次長擔任可行嗎……？」

即便責備課長也沒用，但伊丹的語氣忍不住變重了。

「那成什麼體統？」

「是……那麼要連絡署長嗎……？」

「交給你決定。」

警務課長的臉色更糟了。

有人來通知調查員已經集合，伊丹離開署長室，前往搜查本部。禮堂已經掛上「酒女命案搜查本部」的牌子。

很漂亮的書法字。每個警署都必定有書法高手，在這種時候大顯身手。

看到搜查本部的名稱，伊丹吃了一驚。

「被害者確定是酒女嗎？」

前來署長室迎接伊丹的調查員回應。

「是的，是轄內小酒家的酒女。」

「也就是查出身分了？」

「被害者住在陳屍處的停車場附近的公寓。問到公寓住戶的證詞了。」

這麼說來，自己連陳屍地點都不知道。從田端課長那裡聽到搜查一課抵達現場的報告後，就沒聽到後續消息了。就算身體狀況欠佳，但這樣實在不能算是盡忠職守。只是乾坐在職場罷了。

最起碼接下來要好好幹活……

伊丹這麼想，走向搜查本部的幹部席。在場的調查員全都起立注視伊丹。

糟了，應該先拿下口罩的……

伊丹站在幹部席中央，環顧眾調查員。致詞內容和平時大同小異。畢竟內容不是問題，刑事部長親自到場指揮的事實才是重點。

伊丹從容地取下口罩，開始致詞。聲音沙啞，還咳嗽了。腦袋陣陣作痛。感覺視野異樣地明亮。

結果自己說了些什麼，伊丹記憶模糊。他一坐下來，田端課長立刻宣布開始進行偵查會議。

調查員開始報告辦案經過。伊丹試圖理解，卻毫無專注力。他只能感覺到有人站在遠處說話。

片刻後，一名臉色極糟的中年男子進來了。他往幹部席走來。男子從後方走近伊丹，行了個禮說道。

「我是署長真壁，抱歉來遲了。」

伊丹吃了一驚。署長應該是接到警務課長的連絡，連忙趕來的。看上去確實病得不輕。

伊丹頓時覺得自己做了壞事。

「聽說署長在家休養……？等於是把你給叫來了，真是抱歉。」

「不會……」

「偵查會議開始了。總之請坐吧。」

真壁署長踉蹌地在椅子落坐。

調查員的報告告一段落時，伊丹的手機震動起來。看看螢幕，是龍崎打來的。

「失陪一下……」

伊丹告罪，離開幹部席，走到房間角落接電話。房間外面有記者，無法平心靜氣地講電話。

伊丹壓低音量接聽。

「怎麼了？」

「還怎麼了，聽說你在搜查本部？你在那種地方做什麼？」

口氣前所未見地嚴厲。

「當然是工作啊。我向來信奉現場主義。」

「我沒想到你笨成這樣。你現在該做的事是什麼？」

「在搜查本部率領指揮。」

「你在那裡能派上什麼用場嗎？」

「我自認為有。」

「聽清楚了，你現在的當務之急，就是把病養好。別跑去那種地方散播病毒，快點回家鑽進被窩裡，好好睡上一覺。逼出滿身大汗，換幾次睡衣，明天燒就會退了。」

「我沒事。」

「聽說你還把荏原署的署長叫去？他跟你不一樣，好好地在做分內該做的事，也就是盡快治好流感。然而你卻把病人叫到現場，你是瘋了嗎？」

「不，不是我叫他來的。」

「荏原署的警務課長問你該不該連絡署長，你說交給他判斷，不是嗎？這跟把人叫來沒有兩樣。」

「你怎麼連這都知道？」

「我們派了十名署員過去，有許多要確認的事，所以打電話到荏原署的警務課。聽到你居然跑去搜查本部，我覺得你真是腦袋有問題。」

「這可是殺人命案。只是小感冒，怎麼能休息？」

「這不是一般感冒，而是流感吧？流感有時候會要人命的。」

「那你是要我怎麼樣？」

「我不是說了嗎？回家睡覺。叫荏原署的署長也立刻回去。」

「部長必須率領指揮。這是我的做法。」

「染上流感的時候，你的危機管理就已經失敗了。為了把損害控制在最小，我才叫你回家睡覺。現在的你應該做的，是盡快恢復健康。你怎麼就是不懂？」

「有些事即使勉強也必須去做。」

「你那種狀態，賴在搜查本部，只是在給幹部添麻煩。搜查本部主任是誰？」

「田端搜查一課長。」

「那就沒什麼好擔心的。把事情交給他，你立刻回家。」

龍崎的話才是對的。伊丹心知肚明，卻怎麼樣都不想乖乖聽勸。

伊丹說了：「如果你願意替我在這裡坐鎮指揮，我就立刻回去。」

一陣停頓。

看吧，頭大了吧？光是這麼想，心情就舒暢了一些。

片刻後，龍崎的聲音傳來：「好，我現在過去。」

伊丹吃了一驚。

「喂，你真的要來接替我？」

「我們派了十名調查員過去，我也有責任照顧他們。荏原署的署長也染上流感病倒了吧？」

「你來幫助是很大……」

「不過只到你恢復之前。聽著，我這就過去荏原署，你現在立刻叫署長回家，你也回去。如果我到場的時候你還在，這件事就作罷。我會立刻回來。」

「我知道了。」伊丹決定全面投降。「我會照你說的做。」

電話掛斷了。

伊丹走到真壁署長旁邊，附耳說道。

「你都特地過來了，真不好意思，但我們似乎回家比較好。我們一起專心把病養好吧。這樣做比較好。」

真壁署長一臉驚訝地看伊丹。

「呃，可是……」

「有人說我們現在的職責，是盡快把病養好。我也同意。喏，我們走吧。」

真壁署長笨拙地站了起來。

伊丹對田端搜查一課長說：「接下來的事沒問題吧？」

田端課長點點頭。

「請交給我。」

「那麼我撤退了。」

田端課長悄聲說：「其實我一直在等部長這句話。」

3

回到自家，伊丹鬆了一口氣。從冰箱取出保特瓶裝運動飲料，擺在床邊。

應該會流很多汗，換上好幾次衣服，睡衣實在不夠穿。他拿了好幾件T恤和襯衣擺在飲料旁邊。

脫掉衣服，換上睡衣的時候，玄關傳來聲響。走出臥室，以視野模糊的眼睛望過去，居然是妻子。

「你怎麼這個時間在家？」

妻子看見正在更衣的伊丹問。

她一定是以為我不在才回來的。伊丹想。

「我得了流感。發了三十九度的高燒。」

「真是……」

妻子一臉困擾。她就是這樣，讓伊丹不快。

但妻子還是悉心照料他。生病的時候有人照顧，便覺得安心許多。

伊丹上了床，總算平靜下來了。被窩怎麼會如此舒適？他很快便昏昏沉沉地睡著了。在現實與夢中不斷地往返。是發燒的關係。

渴了就抓起保特瓶直接喝運動飲料。

流了滿身大汗，正想換衣服時，妻子過來幫忙。

從沉重的睡夢中再次醒來時，房間裡充滿了誘人的飯菜香。他想起自己連午飯也沒吃。

「喂。」

他躺在床上叫人。妻子馬上就來了。

「怎麼了？」

「好香。」

「我在煮雜菜粥。要吃嗎？」

「好。睡過之後舒服點了。」

「我把粥端過來。」

「謝謝。」

「要是你病死了，我可睡不安穩。」

妻子動不動就愛這樣酸言酸語。明知道她不是說認真的，但聽了就是教人不爽。

不過有雜菜粥太好了。暖意彷彿沁入五臟六腑。身體一暖和起來，又開始冒汗了。

吃完粥後，伊丹再換了一次衣服，鑽進被窩裡。被窩裡都是體熱和汗濕，但光是能躺下就教人感激了。

「你不吃藥嗎？」

說來，他去醫療中心拿了藥。

「在皮包裡。」

「我去拿來。」

妻子拿了藥和一杯水過來。

只要吃了這藥，明天就會好起來了。伊丹如此祈禱，吞下藥片。

一躺下來，立刻又落入夢鄉了。

手機的震動吵醒了他。他把手機放在枕邊。是龍崎打來的。

「嫌犯落網。立刻就招認了。」

伊丹看時鐘。

八點二十八分。平常這時間他早就起床了。

「真快。」

「調查死者的人際關係後，馬上就鎖定嫌犯了。是外遇，然後談判分手引起糾紛。好像也牽扯到金錢。嫌犯向被害者借了大筆金錢。談判分手的時候，死者逼迫他立刻還清的樣子。」

龍崎的聲音幹練俐落。他應該漂亮地指揮了搜查本部吧。

伊丹說：「辛苦你了。」

「我要回去署裡了。」

「不是回家嗎？」

「不好意思，我健康得很。你今天要怎麼做？」

伊丹想了一下，說道。

「今天請一天病假好了。確保徹底恢復，明天再出勤。」

「這樣才對。但你一個人不太方便吧？」

「我老婆在。」

「她不是回娘家了嗎？」

「剛好回來。」

「你運氣真好。」

確實，如果那時候龍崎沒有打電話來，自己現在不曉得會有多慘。

「沒錯，我確實運氣很好。」

「拜。」

龍崎以憋著哈欠的聲音說。電話掛斷了。

妻子來到臥室。

「你在跟誰講話？」

「龍崎。他替我擔任搜查本部長。」

「案子怎麼樣了？」

「破案了。他是來通知的。」

「這樣啊，太好了。」

「你不回娘家嗎？」

「我怎麼能丟下病人回去？今天就留在這裡照顧你吧。」

妻子說完，關上臥室門。

伊丹再次伸了個懶腰。燒似乎退了。又流了一身汗，他換上乾淨的衣物，再次鑽進被窩裡。

溫暖的被窩舒適極了。

回想起小學感冒請假的心情，享受著難以言喻的解放感。

伊丹不知不覺間露出笑容。在安心感圍繞下，再次打起盹來。

冤罪

1

「抓錯人……？」

伊丹注視著站在辦公桌對面的時枝刑事總務課長。

時枝一臉緊張。

「是的。剛才接到方面本部的通知……」

伊丹頓時憂鬱起來。聽到警方居然抓錯人，媒體肯定會群起圍攻，大肆撻伐。

「是哪裡？」

「第三方面本部的碑文谷署。」

「告訴我詳情。」

伊丹一點都不想聽，卻又不能不聽。他是刑事部長，有責任聽取報告。

起因似乎是碑文谷署轄內連續發生的不明火災。有縱火的嫌疑，由碑文谷的重案組負責調查。

調查員查出嫌犯，將其逮捕。該名嫌犯從頭到尾否認犯行，但因為找到幾樣物證，決定移送檢調。

然而這時出現了第二名嫌犯。據說在問案的過程中，第二名嫌犯竟坦承一切犯行。

「所以是抓錯人了。」

時枝課長眉頭緊鎖地說。

「不用你說我也知道。問題是怎麼會搞到抓錯人？」

「聽說有目擊者指證……」

「如果第二名嫌犯坦承犯案，表示目擊者看錯了。怎麼會把那種不確實的證詞信以為真……？」

伊丹知道發這些牢騷也無濟於事，但他無法不發作。

「檢察官好像說要去碑文谷署。」

「處理第二名嫌犯的移送程序嗎？」

「這應該也是目的之一，但我想可能是去罵人的……」

伊丹更加憂鬱了。胃都要痛起來了。

「什麼時候？」

「聽說是今天下午。」

伊丹看看時鐘。剛過十點。

「我也去碑文谷署。我想在檢察官去罵人之前，先直接從承辦刑警那裡瞭解狀況……」

「部長要親自前往嗎？」

「你也知道，我是現場主義。不管發生任何事，都會先去現場看看再說。也必須思考該怎麼應付媒體。我得掌握詳細細節才行。」

時枝課長露出像是鬆了口氣，也像是同情的複雜表情。或許他原本在擔心，自己可能得夾在檢察官和碑文谷署重案組之間。

「那麼，我調整一下下午的行程。」

時枝課長離開了部長室。

「可惡！怎麼偏偏在這種時候搞出抓錯人這種事……」

剩下一個人獨處後，伊丹喃喃抱怨。

為了追求偵訊合理化，警視廳將從二〇〇九年四月起，在全國的警察本部及警察署設置偵訊監督官。〇八年度期間也開始試驗辦理。

偵訊監督官隸屬於各警察署的總務課或警務課，據說將會在刑警進行偵訊時，隔著單向鏡觀察過程。當然，這個計畫在調查員之間是惡評如潮。

這項措施的目的是為了防範不當偵訊造成冤案，然而才剛要施行，就發生這種抓錯人的烏龍。

就算不是檢察官，也會想要上門大罵。

總之先聽聽第一線人員怎麼說吧。記者會的內容，接下來再慢慢思考。

真是，刑事部長也實在不輕鬆。伊丹並非不滿接近第一線的現在職位，而且這裡以菁英警官的職場來說也相當不賴，但還是會有想要埋怨之處。

伊丹嘆了口氣。

碑文谷署的署員們以立正不動的姿勢迎接伊丹。對他們來說，本廳的部長是高不可攀的。而且他們有著捅出「抓錯人」這個大婁子的心虛作祟。

感覺還不賴。看見署長等碑文谷署員們蒼白的臉，伊丹覺得有點出了口惡氣。

伊丹對署長說：「把詳情報告上來吧。」

「是……」

署長、副署長，還有刑事課長，每一個都面無人色。

「那麼，由刑事課長開始報告。」

伊丹點了點頭，在署長室的沙發坐了下來。

刑事課長站著開始報告：「碑文谷署轄內發生四起原因不明的火災。每一起都是在沒有火源的地方起火，我們依縱火嫌疑展開調查……」

警方找到兩名目擊者，依據其證詞比對查到嫌犯。那就是第一名嫌犯，三十二歲的江上悟。

江上在火災現場被人目擊。因為被目擊到兩次，警方認為涉嫌重大，將他帶回署裡。

「可是……」伊丹說。「那些目擊證詞是錯的吧？」

刑事課長瞬間露出想要反駁的樣子，但最後放棄似地垂下目光。

「以結果來說是這樣。」

「第二名嫌犯是怎麼冒出來的？」

「逮捕江上悟後，又發生了一起縱火未遂案。鄰近居民目擊到有人正要縱火而報警。地域課的警員到場，抓住嫌犯盤問，結果嫌犯當場招出過去四起案子也是他幹的。」

「是現行犯啊……」

「是的。雖然是未遂……」

伊丹忍不住想咂舌頭。但有人在場的時候，他絕對不會表現出這種態度。他不想打壞明理的上司形象。

「第二名嫌犯的姓名和年齡呢？」

「深田市郎，二十七歲。」

「告訴我兩名嫌犯的職業。」

「兩人都在待業中。好像偶爾打工來勉強維持生計……」

「是所謂的打工族或窮忙族嗎……？」

「是呢……」

「第二名嫌犯深田市郎有提到他的犯案動機嗎？」

「他說被打工的地方開除，又被女友甩了，心情鬱悶。還說放火讓他覺得爽快……」

縱火是甚至可判處死刑的重罪。因為如此輕微的理由就縱火，沒有人受得了。火災會奪去受害人絕大部分的人生。即使幸運保住一命，也會失去住處和財產。家中的物品裡面，應該也有無法以金錢換算的珍貴之物。

「江上悟現在在哪裡？」

「還拘留在署裡。」

伊丹吃了一驚：「怎麼還沒有把人放走？」

刑事部長瞄了署長一眼。這視線感覺別有深意。其中有什麼文章……

「我們想聽過檢察官的意見之後再處理。」

「你們該不會是在籠絡江上悟吧？」

刑事課長慌張地看著伊丹。

「請問，部長這話是什麼意思？」

「設法叫他不要把抓錯人的事說出去之類……」

「這種事實際上是做不到的。只有調查員誠心誠意向他道歉了。」

胡扯。

伊丹在心裡說。

調查員向一度蒙上嫌疑的民眾道歉，這種事難得發生。會道歉的是這裡的刑事課長、副署長，還有署長。有時候也包括搜查一課的課長和伊丹。

而且，高層低頭賠罪的對象是媒體，而不是蒙上嫌疑的民眾。

伊丹認為從某個意義來說，這也是沒辦法的事。警察必須保住權威。若是被民眾看扁了，就無法維持治安了。

但不能趾高氣昂。伊丹總是留意讓媒體留下好印象。他致力於減輕對刑事部的批判。

然而卻鬧出抓錯人的烏龍……

「真的只有這樣而已嗎？」

伊丹問。刑事課長瞥向署長的那一眼，讓他在意。

「當然了。」

伊丹對署長說：「如果在這時候隱瞞，把我逼到更進退維谷的地步，會有什麼後果，你要好好想清楚。」

署長的臉色立刻變得更糟了。

署長、副署長和刑事課長三人又面面相覷。

伊丹又說：「以前我因為想要隱瞞某個案子，結果吃盡了苦頭。這個經驗讓我學到，愈是想要隱瞞的事，愈該確實報告上去。這才是為了自己好。」

「呃……」署長說。「也不到隱瞞的程度。我們認為第二名嫌犯的深田，嫌疑幾乎無庸置疑。只是調查員當中，仍有極少數的人認為江上嫌疑重大。而且那名調查員態度堅決……」

「大致上的看法已經定下來了吧？」

「是的，因為深田都已經招認了……」

警方從以前到現在，都將自白視為第一優先。因此格外在偵訊傾注心力。有時也因此做得太過頭了。

警察廳很重視這個問題，所以才會試辦偵訊監督官的制度，以及偵訊時的錄音錄影。

但積習難改，根深柢固的體質難以輕易改變。

「偵訊過程沒有問題吧？」

「沒有。」刑事課長回答。「因為深田是主動招供……」

「江上依然否定犯案，是嗎？」

「是的。」

「你說有少數調查員堅決主張江上才是縱火犯，到底是有幾個人？」

「一個。」

「一個……？」

大部分調查員都認為深田才是縱火犯，因此深田的嫌疑應該無庸置疑。

問題是那名調查員到底是根據什麼而主張是江上縱火的？

伊丹想了一下說：「我想直接跟那名調查員談談。」

如果要求詢問兩名嫌犯，一定會引發第一線人員的反彈。幹部插手現場事務，肯定會讓他們很不是滋味。

但向調查員瞭解狀況，應該沒有問題。

和副署長小聲嘰咕了兩三句後，署長說：「好的，我把他叫來。」

2

來到署長室的調查員姓中島。姓氏很平凡，外表也很平凡。看起來就快退休了，然而卻還沒有做到主管職，顯然是偏離了升遷之路。

但伊丹知道，對往上爬沒興趣的人裡面，有時候隱藏著一些傑出的刑警。

面對伊丹，中島顯得極度緊張。他維持立正姿勢，一動也不動。

「放輕鬆。」

伊丹說。

「是……！」

中島應話後，依然繼續立正。伊丹決定直接進入正題。

「那起連續縱火案，你似乎堅決認定江上悟才是嫌犯？」

「是的。」

「根據是什麼？」

「兩則目擊證詞非常可信。而且還有物證。」

「有物證……？」

「是的。我們逮捕江上之後，前往他的住處搜索。扣押的衣物袖子上，驗出了煙霧的粒子和煤灰。」

伊丹大吃一驚。

「居然有這種物證？」

中島保持立正說：「是的。」

伊丹問刑事課長：「這一點江上本人怎麼解釋？」

「他說他生過火。」

「生火……？」

「是的。江上和父母同住，住在目黑區內一棟透天厝。他說他在庭院生火燒垃圾……」

「查證過了嗎？」

「江上家的庭院確實有個老舊的石油罐，裡面有燒過東西的痕跡。」

是灰色吶……難說是清白或罪證確鑿。

伊丹心想。但中島似乎堅信這是有罪的根據之一。伊丹問中島：「深田市郎坦承不諱。關於這一點，你怎麼想？」

「自白不代表一切。深田市郎的物證太少了。」

「但他是以現行犯被逮捕吧？」

「只是逮到一起縱火未遂的現場而已。我認為這不足以認定就是他犯下過去四起縱火案。」

「可是……」刑事課長插口。「現行犯逮捕加上自白，這是強而有力的定罪材料。」

中島想要開口。他應該是想反駁，但尚未發言，一名署員便一臉蒼白地進入署長室說：「打擾了，檢察官到了。」

不待署長回話，署員一退下，檢察官便大步闖進辦公室來。是伊丹見過的檢察官。記得姓濱田。

雖然氣勢洶洶地闖進來，但檢察官一發現伊丹也在場，便睜圓了眼睛煞住了腳步。

「刑事部長……」

「檢座好。」

「沒想到部長會在這裡……」

「抓錯人或冤案，是必須由警方全體面對的問題。」

「意思是你感到有責任？」

「當然了。」

「很好。」濱田檢察官重新振作起來說。「冤案不只是警察廳，檢察廳也視為重要問題。現在民眾對冤案或抓錯人的態度更為敏感、嚴格了。」

應該就像時枝刑事總務課長說的，檢察官本來肯定是想來吼人的。但因為伊丹在場，所以怒火大幅降溫了。

但看來檢察官還是想要表達他的看法。伊丹回應。

「這部分我們很清楚。」

「關於移送檢調，考慮到定罪的成功率，希望能取得充分證據後再說。」

「我們明白。」

「那麼，請第一線落實這一點。」

「檢座的意見我們瞭解。」

「接下來包括媒體公關在內，就交給你們好好善後了。」

「不勞檢座提醒。」

伊丹勉力維持平靜的口氣。他滿肚子火。為什麼非得讓檢察官像這樣訓話不可？

碑文谷署的署長和副署長等人，都忐忑不安地看著濱田檢察官和伊丹的對話。

「那麼……」濱田檢察官轉向刑事課長問。「嫌犯現在怎麼樣了？」

「目前正在進行詳細的偵訊。逮捕程序書、筆錄那些，還需要一些時間整理。」

「快點。拖得愈久，問題愈大。」

站在檢察官的立場，這或許是理所當然的要求。但那種口氣未免教人氣結，讓人想要回敬個幾句。

「請等一下。」伊丹對濱田檢察官說。「移送檢調前，還有必須釐清的問題。」

濱田一臉訝異地看伊丹。

「必須釐清的問題？」

「調查員裡面，還有人相信是第一個嫌犯江上悟幹的。我們不能忽視他的意見。」

署長、副署長和刑事課長三人同時轉向伊丹。伊丹注意到中島輕輕倒抽了一口氣。

說出口之後，伊丹連自己都嚇了一跳。他實在太想報一箭之仇，結果不小心脫口這麼說了。

濱田愣了一下，立刻露出嚴峻的眼神對伊丹說道。

「部長在想什麼？該不會是為了耍什麼小手段，而在拖延時間吧？」

伊丹想起自己剛才也對署長等人說了類似的話。每個人的想法都半斤八兩。

「我沒有那種念頭。」

「江上悟堅持否認犯行，而深田市郎是現行犯逮捕，已經坦承不諱。事到如今還有什麼好釐清的？」

「我認為若要真正預防冤案，就必須謹慎處理。」

「這是在妨礙偵查。」

「我絕無此意。」

「好吧。」濱田檢察官露出挑釁的眼神。「總之，請部長負起全責。」

濱田不待伊丹回應，轉身走出署長室。

署長和副署長等人憂心忡忡地看著伊丹。

伊丹對刑事課長說：「請把筆錄等詳細資料全部拿給我。」

「是……」

刑事課長和中島立刻離開署長室，花了二十分鐘左右才又回來。應該是火速蒐集了所有的資料吧。伊丹在沙發坐下來說道。

「辛苦了。有需要我會叫你們，請回到各自的崗位吧。」

只留下署長一個人，其他人全都一臉不安地離開了。

即使讀完全部的資料，伊丹也無法確定哪一名嫌犯才是縱火犯。

就像濱田檢察官和刑事課長說的，感覺被依現行犯逮捕、已經坦承犯案的深田市郎，嫌疑不動如山。

相對地，中島的主張也可以理解。警方和檢方都很重視自白。但自白會造成冤案，也是事實。一旦坦承犯案，即使在法庭上，也很難翻供。也就是說，即使是逼供得到的自白，也會根據這份自白，被判有罪。

從以前開始，就有應該更重視物證的意見。但中島提出的衣物袖子的煙霧粒子和煙灰，若說是生火造成，也無從反駁。這一點調查員也查證屬實了。

伊丹在署長室的沙發沉吟起來。

手機響了。是時枝刑事總務課長打來的。

「抱歉打擾部長了。有件事我想您最好知道一下……」

「什麼事？」

「警察廳的刑事局長來電。我說部長不在，對方說會再打來……」

是為了這件事吧……警察廳對冤案相當神經質。這表示刑事局也得知了這件事，並視為重大問題。

伊丹還沒有把這件事報告給警察廳。刑事局長是從哪裡聽到這件事的？

總不會是濱田檢察官跑去打小報告吧……？

總覺得漸漸被逼到絕境了。

也得思考如何該應付媒體。和濱田檢察官對立，或許是適得其反。

警察廳刑事局那邊，伊丹應該要主動連絡吧。但他實在不想打電話。

感覺得到署長在看著自己。或許是在等伊丹指示。真想把一切全都推給轄區警署，裝作毫不知情。但也沒法這麼做。

和警視廳以及隸屬警視廳的所有警察署的刑事案件相關的問題，都是伊丹的責任。

伊丹再次低吟。他想像在媒體面前深深行禮道歉的自己。要是低頭就可以了事，那是最好的結果。最糟糕的情況，可能會被江上悟提告。

不管怎麼樣，伊丹都會被追究責任吧。眼前的碑文谷署長應該也是在害怕這一點。

真教人頭痛。非想想法子不可，但伊丹不知道該怎麼做才好。

雖然不甘心，但也只能找那傢伙商量了嗎……？

伊丹想。如果能夠，實在不想這麼做。真不願意再欠他人情了。

但形勢逼人，無法挑三揀四。伊丹出聲叫署長。

「我想打通電話。不好意思，可以麻煩署長迴避一下嗎……？」

署長立刻起身。

「我先離開，請部長處理完事情再叫我。」

「抱歉。」

署長離開辦公室後，伊丹打電話給大森署的龍崎伸也署長。

「幹嘛？」

電話另一頭傳來一如往常的不悅聲音。

「你老是這麼冷淡。」

「你打電話來，哪一次是好事？」

「這次我打過去，也是有點事想討個主意。」

「我可沒那麼閒。你也不是不知道轄區署長有多忙吧？」

「我只有你可以依靠了。至少聽我說一下吧。」

話筒傳來憤憤的嘆息。

「真拿你沒辦法。」

「其實有個轄區署抓錯嫌犯……」

「抓錯嫌犯……？」

「這樣下去，很有可能引來媒體抨擊是冤案。如此一來，承辦人和轄區幹部也非受到處分不可。」

「既然都捅出這種婁子了，那也沒辦法。處分也是逼不得已的事。」

「可是，有個調查員主張那不是抓錯人。雖然就只有他一個人而已。」

「我不是說我很忙嗎？繞圈子的說明就省了，說重點。」

「好。」

伊丹盡可能簡潔地說明，但留意避免遺漏任何必要的資訊。

龍崎連應聲都沒有。

說明結束後，伊丹不安起來，問：「喂，你有在聽嗎？」

「我在聽。」

「你覺得我該怎麼做？」

「是抓錯人吧？那就沒救了。」

「你果然也這麼想嗎……？」

伊丹大失所望。他原本抱著一縷希望，但就算是龍崎，這次似乎也無能為力。

「我不能做出不負責任的發言，不過……」龍崎的聲音傳來。「做個精神鑑定怎麼樣？」

「精神鑑定……？」伊丹一陣意外。「有什麼必要做精神鑑定？在記者會上說江上在犯案時處於心神耗弱狀態嗎？這沒有太大的意義。」

「我說的不是第一個嫌犯，而是第二個嫌犯。」

「深田市郎嗎……？」

伊丹困惑起來。

龍崎到底在說什麼？

「我很忙，我要掛了。」

龍崎不待伊丹回話，便掛了電話。敢先掛掉刑事部長來電的轄區署長，也只有龍崎了。

伊丹收起手機，同時沉思起來。精神鑑定有什麼意義？而且龍崎說要對深田進行精神鑑定，而不是江上。

莫名其妙。但現在他連一根稻草都想抓。

伊丹把署長、副署長和刑事課長叫回房間。

三人表情肅穆。伊丹開口。

「對深田市郎進行精神鑑定。」

「什麼……？」

三人全都怔愣地看伊丹。好像無法理解他的用意。

「總之先照我的話做。我要回去本廳了。有結果再通知我。」

伊丹留下這話，離開了碑文谷署。

3

回到警視廳後，伊丹立刻接到警察廳刑事局長的電話。

「聽說有轄區抓錯人？怎麼回事？」

「或許會有新發展。」

「新發展？具體來說是怎麼樣？」

我也不知道好嗎？

「我想還需要一點時間。一有進展，我會立刻報告局長。」

「盡快處理。我可等不了太久。」

意思是想要立刻進行處分吧。

「我會努力。」

「不只是努力，我要結果。」

電話掛斷了。握著話筒的手心一片汗濕。

進行精神鑑定應該需要不少時間。但現在也只能等待結果了。無力感沉重地壓在伊丹身上。

「太令人驚訝了。」碑文谷署長的聲音雀躍不已。「沒想到會是這樣的結果……」

署長不是打電話，而是特地專程到警視廳報告。

署長說，對深田市郎進行精神鑑定後，發現他的供述可信度極低。鑑定結果認定他具有強烈的病態性撒謊傾向。調查員重新調查深田市郎這個人，發現他在網路世界小有名氣，是個熱愛出鋒頭的傢伙。進一步偵訊後，發現他的縱火未遂是模仿犯案。換言之，坦承犯下先前的四起縱火案，全是謊言。但他被打工的地方開除又失戀，似乎是真的。因此自暴自棄好像也是事實。

深田知道縱火犯落網，但否認犯案，便想像自己就是真正的縱火犯。他立刻栽進了這種妄想，最後深信自己真的就是縱火犯。

這下子，深田在四起縱火案的嫌疑便消失了。警方再次亮出目擊證詞及物證，嚴厲逼問江上。

江上終於屈服了。他自白了。

「真的嗎……？」

聽到報告，伊丹忍不住探出上半身。

「是的。」碑文谷署長說。「這下證明了逮捕江上並不是抓錯人。我們將依四起縱火嫌疑把江上移送檢調，深田則是依縱火未遂嫌疑移送。」

「幹得好。」

「不，這都是因為部長指示我們進行精神鑑定。這個決定太英明了，我五體投地。」

「不，唔，這次是運氣好。」

署長不停地說「令人欽佩」，回去碑文谷署了。

伊丹立刻指示刑事總務課長打電話給濱田檢察官。

「嗨。」伊丹對電話另一頭的濱田說。「檢座要我負起責任，我用自己的做法負責了。」

「沒想到會是這樣的結果。」

濱田檢察官的聲音完全沒有前些日子的氣勢。

「接下來就是檢方的工作了。交給檢座嘍。」

「哎呀，可是……」濱田以諂媚的口吻說。「沒想到還有精神鑑定這一招……太不簡單了。如果不是伊丹部長親自下令，我們真不曉得要犯下多離譜的過錯。」

「還好啦，往後也請繼續指教。」

伊丹得意洋洋地放下話筒。

接著他打電話給警察廳的刑事局長。

「是好消息吧？」

刑事局長劈頭就說。

「請局長放心，結果證明了並沒有抓錯人。一切都解決了。」

「真的嗎？」

「是的。」

伊丹詳細說明來龍去脈。

「幹得好。」聽完之後，刑事局長立刻心情大好地說。「我就知道你一定能圓滿解決。」

「不敢當。」

「辛苦了。」

「那麼，失禮了。」

這次由伊丹先掛了電話。

他大大地吁了一口氣。

又被龍崎拯救了一場危機。因為聽從了他的建議，而扭轉了乾坤。他總是覺得龍崎的建議就像魔法。

必須向他道聲謝才行吧。

伊丹懷著這樣的心思打了電話。

「幹嘛？」

又是冷漠的聲音。

「先前那件事已經解決了。全都多虧了你的建議。我想向你道個謝……」

「那件事？哪件事？」

「本來以為是抓錯人的案子。」

「不必為這點小事打電話來。」

「也不能這樣。託你的福，我的身價又水漲船高了。」

「我對你的身價沒興趣。我很忙。」

這傢伙實在不討喜。

「我想請教你一件事，告訴我讓我做個參考吧。」

「什麼事？」

「你怎麼會想到要對第二個嫌犯進行精神鑑定？沒有任何人想到要這麼做。實際上聽到你這麼說，我也完全不明究理。轄區那些人也一樣。」

「這不重要吧。」

「別這麼說，告訴我吧。」

「稍微想想就知道了。不是很不自然嗎？」

「不自然……？」

「第二個嫌犯不是滔滔不絕地承認了四起縱火案嗎？而且根本沒有人問，是他自己說出來的。」

「這會不自然嗎……？他是在準備放火的時候被人逮住的。」

「是未遂吧？明明是在未遂的情況下被抓，卻主動說出過去的重大犯罪，這太不自然了。有作秀的味道。」

這麼說來，或許如此。

「在聽到你這麼說以前，我完全沒想到這個可能性。」

「現行犯加上自供，你們是被這兩個詞給騙了。不過嚴格地說，那不能算是現行犯逮捕……只是附近居民目擊他正要縱火罷了吧？是地域課的員警接獲通報前往，緊急逮捕。」

「確實是這樣。看來現行犯逮捕這個說法，成了一道迷障。」

「而且比起模糊的供述，我更重視物證。說起來，日本的司法機關過度重視自白了。」

「說的有理……或許就像你說的。總之，我又被你救了一次。」

「你搞錯道謝的對象了。」

「什麼？」

「不是有個調查員相信物證和目擊情報，獨排眾議，主張第一個嫌犯才是真的縱火犯嗎？我只是想要相信那名調查員的推測而已。」

「確實如此。」

「這樣的調查員，才更應該珍惜吧？」

「說的沒錯。我會想想該怎麼嘉獎他。」

「你打電話來就為了說這些？」

「不管你怎麼想，總之我都要向你道聲謝。」

「如果你真的感謝我，就別為了無聊小事打電話來。」

龍崎掛了電話。

無聊小事嗎……？

伊丹忍不住想，解決了如此重大的問題，卻能如此雲淡風輕，真的很像龍崎。

不，實際上對龍崎來說，或許就是芝麻小事。只要留心去分析，其實根本沒什麼大不了的。

尚未看出真相，像無頭蒼蠅般亂轉的過程中，風波愈演愈烈，然後更嚴重地迷失了真相。大部分的人，都不斷地在如此重蹈覆轍。我也是其中之一，伊丹想。

他想起在眼前立正不動的中島。就像龍崎說的。中島這樣的調查員，才應該好好地予以鼓勵肯定。

頒個部長獎給他好了。

想像把他請來本廳，頒發獎狀的場面。

到時候，中島一定也會緊張得全身僵硬。真想看看他那副模樣。伊丹心想，露出微笑。

考驗

1

通緝犯落網的消息進來了。

是約三個月前，發生在綾瀨署轄區內的連續強盜案嫌犯。嫌犯遭到全國通緝。

伊丹俊太郎刑事部長對前來報告的時枝刑事總務課長說道。

「這可是大功一件。哪個署抓到人的？」

「大森署。」

又是那傢伙的署……

龍崎伸也署長。

不愧是曾經在警察廳身經百戰，龍崎赴任大森署後，締造了令人刮目相看的成績。即使調派轄區警署，依舊是話題人物。

來慰勞個他一兩句好了。

伊丹對時枝說：「連絡大森署長。」

「好的。」

時枝離開後，電話立刻接通了。

「喂，大森署，我是龍崎。」

話筒裡傳來一如既往、有些冷漠的聲音。

「我是伊丹。幹得好。」

伊丹這麼說，對方的回應卻很平淡。完全是只是盡了本分的感覺。

既然是龍崎，或許是真心這麼想。

總覺得為此激動的自己像個傻子。龍崎就是這種人。

龍崎說，大森署有個叫戶高的難搞刑警，就是他找到嫌犯並逮捕的。

「要好好珍惜這樣的調查員。」伊丹說。龍崎只回應「我知道」。

真是，一點都不可愛。

伊丹原以為電話會像平常一樣，冷冷地被掛斷，沒想到意外的是，這次對方竟主動開口求助。天要下紅雨了嗎？

龍崎要求伊丹替他連繫警備部長。好像是龍崎被任命為美國總統訪日時的方面警備本部長。

龍崎似乎覺得這項人事應該是搞錯了，想直接向警備部長確定。部長要找來轄區署長很簡單，打通電話就能把人召來。但轄區署長想要見警備部長，確實關卡重重。

首先應該要連絡警備部的庶務課，但如果照規定程序走，不曉得要等到何年何月。

伊丹欠了龍崎不少人情債。每次找他商量問題，都受到他的幫助。被這樣的龍崎求助，感覺很不賴。

「好，交給我吧。」

伊丹說，掛了電話。

接著伊丹交抱起雙臂來。雖然一口答應，事情卻沒那麼容易。

警備部長名叫藤本實，今年五十歲。

職位和伊丹一樣，是警視廳部長，但階級更上一級，是警視監，比他早三期進警視廳。在特考組當中，這樣的差距相當大。即使同樣是部長，其實彼此之間也是有地位高低之分的。

當然，彼此會在會議等場合碰面，但不到平日會熱絡交談的關係。面對大三期的學長，光是交談，都讓人頗為緊張。

而且美國總統即將訪日，藤本警備部長現在肯定忙得焦頭爛額。或許連要找到他都不容易。

但既然都向龍崎打包票了，就得設法做到。不過俗話說知難行易，與其想東想西，行動就對了，伊丹直接打內線電話給警備部長。

「喂，警備部。」

「請問是部長嗎？我是刑事部長伊丹……」

「不，我是庶務課長。部長現在不在，有事我可以代為轉達。」

果然不容易直接找到人嗎……？

「我想立刻連絡部長。」

「請問是什麼事？」

「請告訴他，是關於第二方面的方面警備本部長的事。」

「好的。我會請他回電。」

看來有得等了。

伊丹放下話筒，正這麼想，電話就響了。是藤本警備部長本人的來電，他嚇了一跳。

「喂，刑事部長啊，聽說你要找我談方面警備本部長的事？」

是道地的江戶人腔調。但伊丹記得藤本部長是福島人。這種腔調，他是刻意學會的吧。

警察組織到現在仍然由薩長派閥所掌控。實際上，鹿兒島和山口出身的比例很高，也十分團結。據說會津出身的人，到現在仍根深柢固地懷恨著薩摩與長州，或許藤本亦是如此。是不是懷恨姑且不論，但是在薩長出身者飛揚跋扈的警察組織裡，福島出身的藤本或許感到舉步維艱。

他學習江戶腔調，也許是一種處世之道。此外，聽說藤本很尊敬勝海舟（註：江戶末期及明治時代的政治家。在戊辰戰爭中，擔任幕府代表，會見西鄉隆盛，實現了江戶無血開城），是在模仿這位傳奇政治家吧。

「是的。我是想和部長談談大森署的龍崎……」

「龍崎伸也嗎……？這麼說來，你和他是同期。不光是這樣，聽說你們從小就認識……？」

「是的，我們是小學同學。」

「我要回辦公室了，你要過來嗎？」

「我立刻過去。」

藤本警備部長靠坐在會客沙發上，正在等伊丹。伊丹原以為他應該會坐在部長席，因此吃了一驚。

「不好意思把你叫過來。來，你也坐吧。」

「是……」

伊丹淺坐在沙發上。

「堂堂伊丹刑事部長，何必那麼拘束？」

藤本豪快地笑道。不知道有幾分是演技。

「我和龍崎講了電話……他說他被任命為第二方面警備本部長……」

「沒錯，就是這樣。」

「他懷疑這項任命是不是弄錯了……」

「一點都沒錯。你知道警察廳警備局那個狐狸吧？」

「狐狸……？」

「警備企畫課長的落合。」

「哦，我知道。」

「好像是那傢伙決定的。似乎是接到第二方面本部長的推薦。」

「這又是……怎麼……」

「我聽說是第二方面本部叫什麼的管理官提出的。龍崎是不是跟人家結怨啦？」

「噢……」伊丹心裡有底。

「而且啊，第二方面本部長比龍崎晚進警察廳，而且階級更低。」

「原來如此。」

「所以了，這項任命案並沒有錯。」

「原來是這麼回事……」

「我說伊丹啊……」

語氣變得更為親暱了。

「什麼事？」

「龍崎這個人，是個怎樣的角色？」

「龍崎擔任長官官房的總務課長時，您應該見過他吧？」

「喂，別在那裡您來您去了，咱們一樣都是部長啊。」

「抱歉。」

「沒事。我們見過，也一起開過會，但沒有私下好好聊過。你跟他是同期，而且小時候就認識吧？多跟我說說他這個人吧，我對他很好奇。」

伊丹覺得有點受傷。看來比起自己，龍崎才是焦點人物。

「怎樣好奇呢？」

「聽說他這個人很能幹，過去也在許多大案子立下大功。但我也聽說他這人有點古怪。就是這古怪的地方讓我好奇。他到底是怎麼個古怪法？」

「喔……確實，大家都說他是怪人。」

「怎麼怪？」

「一般人的話，心裡想的是一套，說出口的卻是另一套。但龍崎這個人是心口如一，他說的就是他想的。對龍崎來說，重要的是原理原則。不管面對再怎麼複雜的問題，都不會迎合他人，而是貫徹原理原則，而他這種做事方法，最後總是能讓問題迎刃而解。」

「這道理我懂，但真的能做到的人，沒有幾個。」

「龍崎就是做得到。而且並不認為這有什麼特別的。他認為自己只是做了理所當然的事。」

「愈聽愈有意思了。可是啊……」藤本搔了搔頭。「據我聽說，他這人很一板一眼……」

「確實是很一板一眼。」

「一板一眼的人很脆弱啊。」

「就龍崎而言，我認為他不脆弱。他堅定不移。」

「可以用道理解決的時候，是可以堅定不移，但如果遇上私情，又會怎麼樣呢？」

「他毫無疑問會選擇道理，也就是原理原則吧。他不會為情所困。」

「我啊，有點想試試他。」

「試試他？」

「既然他這人這麼有意思，總有一天，我希望和他一起共事。如果照著我的計畫來，這對他會是一場小考驗……」

「部長到底想做什麼？」

藤本露出笑容。

「我啊，想送顆隱藏球過去。」

「隱藏球……？」

「一名菁英女警官。我的部下裡面，有個棒透了的女人。她好像從研習的時候就很欣賞龍崎。」

伊丹好半晌說不出話來，直盯著藤本看。

「……啊，部長想要對龍崎施美人計……？」

「說白了就是這樣吧。」

「這又是為什麼……？」

「如果就像我猜想的，龍崎對控制自己的感情很有自信。但是不是真的如此，得試了才知道。也就是說，這是對龍崎的考驗。」

「這可難說。」伊丹思考。「那個木頭人會為女人情迷意亂嗎？尤其在執行任務時，他滿腦子就只有工作。」

「就算想騙他，應該也騙不了，但這可不是騙，畠山美奈子這名女菁英呢，是真心對龍崎傾慕不已。」

伊丹整個人驚愕到說不出話來。

藤本以深切的語氣說：「我並不是要跟龍崎作對，也不是想陷害他。我只是希望龍崎這個男人是貨真價實的。我希望他能克服考驗，更上一層樓。這樣的人，才是往後的警界——不，往後的日本需要的人才。」

「喔……」

「也就是說，我對龍崎是青眼有加。」

「如果……」伊丹思考措詞說。「如果龍崎沉迷女色，導致任務出差錯，那該怎麼辦？方面警備本部長可是個重責大任。倘若在美國總統訪日時，警備有任何閃失……」

「就是要這樣命懸一線，才算得上真正的考驗。不必擔心。就是為了預防萬一，我才會指派第二方面本部長擔任副本部長。他也是個傑出人才。」

「部長甚至做到這種地步，也想要試試龍崎的實力？」

「是啊。」藤本說。「他雖然栽過一次跟頭，但只要好好栽培，是可以站在警界頂點的人才。」

這話讓伊丹驚訝極了。藤本沒有說他自己要成為頂點。

「好了……」藤本看看時鐘。「我得去警察廳找那隻狐狸才行。如果龍崎想找我談談，我就會會他吧。說我在警察廳的警備局等他。」

「好的。」

伊丹站了起來。

2

即使回到座位，伊丹仍浮躁不安。

一直以來，伊丹都不太瞭解藤本警備部長是個怎樣的人，但聽說他是個能手。

警備部長這個位置，向來是警界的升遷龍門。藤本毫無疑問正在為往後佈局。也許他確信自己將會成為警察廳的幹部。屆時他希望身邊能有優秀的班底輔佐吧。

龍崎或許是他的人選之一。伊丹再次陷入自卑。

龍崎雀屏中選，而自己未受青睞……

兒時玩伴，又是同期。然而伊丹覺得自己遠遠不如龍崎。

東大畢業生之間極為團結。伊丹在特考組菁英當中，是難得一見的私大畢業生。私大畢業的時候，勝負就已經決定了嗎？

他嘆了一口氣。

唉，再想也是無濟於事。

話說回來，龍崎會被女人迷倒嗎？伊丹實在難以想像。

小學的時候，龍崎一樣是個奇妙的存在。伊丹也算是功課好的，卻唯獨龍崎，在成績方面怎麼樣都比不過他。

相反地，在運動方面，伊丹獨領風騷。在小孩子的世界裡，比起成績好的書呆子，運動健將更受歡迎。當然，比起龍崎，伊丹更受女生喜歡。

但龍崎看起來完全不在乎。他對伊丹彷彿毫無興趣。

伊丹記得這讓他很不甘心，動不動就作弄龍崎。如今回想，他是想要和龍崎交流。

龍崎和女人……

完全無法連結在一起。也不知道他是什麼時候、怎麼結婚的。感覺龍崎能結婚，這件事本身就是個奇跡。

他私心猜想，應該是太太積極倒追吧。或者既然是龍崎，是理性分析之後，認為步入婚姻才是合理的做法嗎？

伊丹認為藤本警備部長的企圖會以失敗告終。

不管派出再怎麼魅力十足的女子，龍崎肯定都不屑一顧。計畫失敗的時候，藤本的表情肯定值得一看。

伊丹這麼想，暗自竊笑起來。

「如果你有空，方便過來一趟嗎？我想介紹一個人給你。」

之後又過了兩個多月，藤本警備部長親自打電話來。

「是，我立刻過去。」

其實伊丹另有預定，但他把行程延後，前往警備部長室。

藤本警備部長一樣安坐在沙發上。旁邊站著一名一襲窄裙套裝的女子。個子挺拔，或許有近一百七十公分高。姣好的身材十分吸睛。

「這位是畠山美奈子，我的隱藏球。」

啊！伊丹內心驚呼。

每天忙於公務，伊丹幾乎都忘了藤本警備部長對龍崎的計畫。原來這就是要派到龍崎身邊的女菁英？

「請多指教。」

畠山美奈子行了個十足警察官風格的規定敬禮。

「請多指教。」

伊丹忍不住盯著她看。警視廳裡居然有這樣一個大美女……

白皙的皮膚讓人印象深刻，一雙大眼睛靈動分明。只上了淡妝，但不管有沒有妝，那張臉蛋都很美。

頭髮剪成稍短的層次，是所謂「狼尾頭」的髮型，但看起來極為高雅。

說起來算是娃娃臉，但與模特兒般的火辣身材之間的不平衡感極具魅力。

「她也曾經在刑事部，待過搜查一課的特殊犯罪係。」

「真的嗎？」

伊丹忍不住問。他怎麼會沒發現有這樣一位美女……？

刑事部是個大家庭，伊丹平日接觸到的都是各課課長和理事官，不可能認得末端的調查員長相。

伊丹為了沒在畠山美奈子待在刑事部時發現這塊美玉，懊恨不已。不，即使注意到她，也不能如何，但他還是希望能在她還是自己的部下時，知道這個人的存在。

身為男人，免不了要這樣想。

「我要派她去方面警備本部擔任龍崎的祕書官。」藤本說。「所以想要請龍崎的同期，而且從小認識他的你，事前好好指導她一番，要如何與龍崎打交道。」

「喔……」

「接下來我得駐守在綜合警備本部，你們自己談吧。」

藤本說完，便離開警備部長室了。

伊丹依然杵在門口附近。畠山美奈子也站著。

「總之先坐吧。」

伊丹說。

「是。」

她等待伊丹先在沙發落坐。伊丹等她也坐下後，開口問。

「你想知道龍崎的哪些事？」

「首先是他的工作風格。」

「他以前在警察廳的長官官房，都做到總務課長了，行政能力是一把罩，也富有決斷力。不會過度使喚部下，所以你不用太擔心……」

「他是深思熟慮型，還是當機立斷型呢？」

「要看情況吧。但他有時也會做出大膽的決定，所以不用太驚訝。」

「我耳聞已久。」

她知道藤本的企圖嗎？

「你知道藤本部長為什麼派你去擔任龍崎的祕書官嗎？」

畠山美奈子愣了一下。

「部長要我在龍崎署長身邊好好學習，為往後做準備。」

「只有這樣嗎？」

畠山美奈子忽地露出詫異的表情。

「是的，就只有這樣……」

「我聽說你很欣賞龍崎……」

「我很尊敬他。」

「聽說你們在研修的時候見過……？」

「是的，在警察廳的公關室……後來每次聽到龍崎署長的消息，就深感他是個值得尊敬的人。」

很含蓄的說法。這也是當然的。即使她愛慕龍崎，也不可能在這時候說出來。看來，她是在不知道藤本真正目的的情況下被派去的。藤本說，他並不打算欺騙或陷害龍崎。

應該是順其自然吧。但藤本仍自信狀況會照著他的計畫走。

看著畠山美奈子，伊丹完全瞭解藤本的自信從何而來。被一名如此深具魅力的女子表示好感，世上有哪個男人不會心動？

伊丹甚至嫉妒起來了。

「龍崎最重視的，就是原理原則。有人說事情不是靠道理解決的，但龍崎不一樣。對他來說，理論才是最重要的。俗話說，無理通，道理便不通，但就龍崎而言，這句話並不適用。這就是他最大的強項。」

畠山美奈子點點頭：「我會銘記在心。」

「但龍崎並非不知通融。他很能彈性應變。會在各種局面，尋找最好的做法。」

「再也沒有比他更適合負責危機管理的人才了呢。」

「是啊。但是在私領域，或許是個頗難打交道的人。」

這種事或許沒必要說出來。話說出口後，伊丹後悔了。

「我聽說伊丹部長和龍崎署長私下也是好朋友……」

「我們只是認識很久。我們是同期，小時候又認識。但感覺他並不把這些情分當一回事。」

「部長討厭龍崎署長嗎？」

從來沒有人問過他這個問題。伊丹忍不住沉思了片刻：

「不，我不討厭他。他幫過我好幾回，對我有恩。不，這不是重點。他這個人總是讓我無法忽視。沒錯，若問我喜歡或討厭，應該還是喜歡吧。」

畠山美奈子抿唇微笑。

瞬間，感覺整個房間都亮了起來。

「部長這個回答，就讓我覺得完全理解龍崎署長的為人了。」

「是嗎？」

「因為連伊丹部長這麼棒的人都對他如此欣賞……」

「給我戴高帽，也沒有任何好處喔。」

「這不是客套話，而是我的真心話。」

伊丹一陣心癢。

不妙。世上有幾個男人能夠抗拒這名女子的魅力？

「還有其他問題嗎？」

「沒有了。謝謝部長撥冗指導。」

伊丹起身，她亦機敏地站了起來。

「那麼，好好輔佐龍崎吧。」

「好的。」

她的語氣十分利落。

伊丹懷著飄飄然的心情回到刑事部長室。她的笑容烙印在腦海當中，好一陣子都縈繞不去。

伊丹一屁股坐進部長席，靠上椅背，仰頭盯著天花板。

龍崎啊，這傢伙不好對付啊。

如果是警備本部的祕書官，應該會連續多日長時間相處在一起。遇到關鍵場面，或許會一天二十四小時共同行動。

有個說法是，男女只要共同處於極限狀態，便會受到彼此的吸引。

龍崎和畠山美奈子，接下來就要一起進入極限狀態。

伊丹徹底改觀了。原本他認為藤本警備部長的計畫會失敗，但現在他明白，事情極有可能如同藤本警備部長所希望的發展。

龍崎會有什麼反應？

站在伊丹的角度，他希望龍崎堅守木頭人的個性。但龍崎也是個男人，即使擦槍走火也毫不奇怪。

萬一龍崎與畠山美奈子墜入愛河，忽略了工作與家庭，藤本部長打算怎麼處理？

部長說這是一場考驗。

也就是說，他期望龍崎能克服這場考驗，避免這樣的結局吧。

伊丹也只能如此期待了。

不得不承認，藤本部長絕非等閒之輩。他準備攻擊的，可能是龍崎唯一的——也是最大的弱點。

或許連本人都還沒有意識到這一點。

如果是我，會怎麼做？

伊丹對女人無法招架。這一點他承認。但他對此有所自覺，所以不會成為像龍崎那麼嚴重的弱點。

沒錯。我從年輕的時候開始，就因為女人而吃了不少苦頭，也學到了應有的分際。

伊丹總算自覺到自己的角色了。藤本部長會把計畫告訴伊丹，並把畠山美奈子介紹給他，是有理由的。

也就是要他助龍崎一臂之力，讓他能成功克服這場考驗吧。

我來幫助龍崎嗎……？

或許之前的立場可以翻轉過來。

如此想像，伊丹內心總算生出了一點餘裕。

他想像龍崎打電話來求助的那天。

「伊丹，我有重要的事跟你商量。」

伊丹賊笑起來。

當然沒問題，隨時歡迎。這次輪到我來幫你一把了。

靜觀

1

警視廳的早晨比任何公家機關都還要早。大部分的職員一過八點就已經上班了。但做到警視正以上的職位，也有不少人會在一般公家機關上班時間才進辦公室。因為不論特考組或非特考組，階級達到警視正以上就是國家公務員的身分。

伊丹俊太郎都在早上八點進辦公室。這是他從在地方任職時養成的習慣。刑事部長公務繁忙。每天必須處理的文件數量龐大，也有許多會客行程。對於現在進行式的重要案件偵查狀況，都必須瞭若指掌。伊丹貫徹現場主義，因此只要有搜查本部成立，他都會到第一線指揮。

剛當上刑事部長時，他忙到暈頭轉向。這比地方的警察本部長等職位更要忙碌太多了。

不愧是守護首都的警視廳的刑事部長。伊丹一面嘆氣，一面這麼想。

但人類真的很了不起，即使忙到覺得實在無法勝任，還是有辦法熬過去。

會習慣忙碌。

一走進刑事部長室，伊丹會先將西裝外套掛進衣櫃裡，再捲起襯衫袖子。這在不知不覺間成了他的個人風格。

這是一種表現出幹勁的形象，本人也很中意。

刑事總務課長時枝會在早晨第一時間前來報告今天一整天的預定。雖然伊丹都記住了，但人的記憶是不可靠的。這就形同某種儀式，伊丹認為這意外地是一個非常管用的習慣。

幾乎同時，必須在當天處理的公文檔案會被送進部長室來。這瞬間伊丹總會想：警視廳果然還是公家機關。

雖然多年前就在討論公文電子化或簡略化，但有許多文件在法律上是無法省略的。

聽完時枝課長的說明，伊丹說：「感覺今天不用往外跑呢。」

「是的，目前是不需要……」

「別烏鴉嘴，那什麼一定會出事的口氣？」

「不，我沒有這個意思……」

時枝是個愛操心的人。

但也因此細心周到，所以或許很適合刑事總務課長這個位置。

「那麼，我先退下了。」

時枝離開了。他這時的態度莫名地教人在意。

總不會在我不知道的地方出了什麼事吧？

不光是警視廳的搜查課，各轄區警署刑事課的案子，全都會報告到刑事部長這裡來。

當然，大半都只是書面報告。因此有必要看過全部的文件。

但有時也會有疏漏，或是儘管讀了，卻沒有讀進腦袋裡。

為了避免這種狀況，伊丹交代各搜查課的課長和時枝，重要的事盡量用口頭報告。

閱讀公文，蓋章批核。這項作業忽然中斷了。

時枝的態度還是教人放心不下。伊丹把他叫了回來。

時枝立刻過來了。

「部長找我嗎？」

「出了什麼事嗎？」

「呃，這話意思是……？」

「你看起來坐立不安。」

時枝默默地站了片刻。看來果然有什麼文章。

「出了什麼事？」

時枝總算開口。

「俗話說，好事不成雙，壞事接踵來……」

「說重點。」

「大森署的龍崎署長遇上了一點麻煩。」

「龍崎嗎……？他怎麼了？」

「斷定是意外死亡的案子，後來發現其實是他殺。」

「什麼？怎麼一回事？」

「大森署轄內發現一具屍體，大森署的調查員進行初步偵查，斷定是意外死亡，沒有犯罪嫌疑，就此結案了。」

「然後呢……？」

「後來大崎署轄內因強盜案落網的嫌犯，在偵訊時自白他在大森署轄內犯下殺人案。」

「那就是被認定是意外死亡的屍體？」

「應該是。龍崎署長有可能會因為這件事，被追究責任。」

「那具屍體確定是他殺死亡了嗎？」

「問題是，屍體已經交還家屬火化了，無從驗屍。」

「連行政解剖都沒有做嗎……？」

「省略了這個程序。」

「真是個重大疏失。」

「不只是這樣而已。」

「還有別的？」

「大森署轄內發生了車禍。在處理車禍時，交通課人員和駕駛起了衝突……」

「什麼？」

「聽說駕駛不滿員警的態度，爭論起來。駕駛揚言要告大森署。」

「這下麻煩了……」

「還有……」

伊丹大驚。

「還沒完？」

「大森署轄內發生了竊案。透過監視器畫面，查出調查員在附近問話時的對象就是竊賊。」

「但調查員讓竊賊跑了？」

「竊賊遠走高飛了。現在仍在追查下落。」

伊丹完全失去處理公文的心思了。

三起麻煩接踵而至，龍崎也真是倒楣。或許就像時枝說的，龍崎會受到某些處分。

「可是真奇怪……」伊丹說。

「哪裡奇怪？」

「你說的三個案子，有兩個是刑事課負責的。屍體是重案組，竊盜是竊盜組……那我當然要接到報告才對。」

「那是……」

「怎麼了……？」

「報告卡在方面本部那裡。」

「什麼意思？」

伊丹蹙眉。

「被方面本部的管理官壓下來了。」

「為什麼？」

「就是……」時枝支吾其詞。

「到底是怎麼回事？說清楚。」

「許多人都清楚部長和龍崎署長的交情。他們擔心部長會把這些事搓掉……」

「搓掉？」

伊丹忍不住提高聲量。

時枝一臉惶恐，驚慌地說：「不，這不是我說的。而是好像有這樣的意見，然後管理官將其納入考量。」

「有這樣的意見，具體來說是什麼意見？是誰說的？」

「我不清楚。我也是聽來的……」

就算為這種事大發雷霆也沒用。

儘管這麼想，卻依然教人氣惱難耐。伊丹吃案，這種事是絕對不可能的。若是與龍崎有關，更是如此了。首先龍崎就不可能接受。

伊丹對時枝說：「看來有必要去見一下龍崎。」

「果然還是得外出了呢。」

伊丹嘆了一口氣。

「你是顧慮到我嗎？」

「呃……？部長這話是什麼意思？」

「你是不是想要我去幫龍崎？所以才會一副欲言又止的樣子。」

「如果我這麼想的話，會一開始就直接報告部長。」

「不，你是設計我主動開口問你吧？你這人很老謀深算嘛。」

「我哪有什麼老謀深算……」

「替我跟龍崎約時間。我要立刻過去。」

「好的。」

時枝離開了。

方面本部的管理官是吧？

伊丹回想起來。第二方面本部的野間崎管理官，曾經與龍崎起過衝突。

以前高輪發生過一起強盜案。相關各轄區署緊急部署，搜捕強盜。這時歹徒經過大森署附近逃走，大森署卻沒有發現。

野間崎為了這件事衝到大森署去罵人。但龍崎不當一回事，搞得野間崎更是暴跳如雷。

為了趕走野間崎管理官，龍崎利用了身為刑事部長的伊丹。也許野間崎還在為此事懷恨在心。

伊丹交抱手臂沉思起來。

運用刑事部長的權限，要斥責野間崎，排除他的影響力，不費吹灰之力。但如果這麼做，野間崎肯定會一直記恨在心。

這不是我的做法……

伊丹這麼想。

或許會有人批判這太八面玲瓏，但他認為應該要努力讓事情圓滿落幕。廣結善緣、避免結怨，是伊丹身為警察官的信念。

龍崎啊……

伊丹嘆了一口氣。

龍崎與伊丹完全是兩個對極。只要是為了貫徹原則，龍崎不惜樹敵。看到這樣的龍崎，伊丹總是羨慕不已。

一起麻煩接踵而至。野間崎肯定會像抓到什麼天大的把柄似地，大肆撻伐龍崎吧。

龍崎到底打算怎麼處理？

或許他正感到崩潰，消沉到谷底。至少他正傷透了腦筋，不知該如何是好。

當然，伊丹很擔心身為同期又是兒時朋友的龍崎。但另一方面，他卻也想看看龍崎苦惱的樣子。

這種心態或許不可取，但龍崎看起來總是超然物外，讓伊丹覺得有點不甘心。如果龍崎正陷入苦惱，就總算輪到伊丹現身搭救了。

要拯救現在的龍崎，肯定是件麻煩事。但應該有某些法子。和龍崎一起思考突破之道就行了。

伊丹開始期待前往大森署了。

伊丹繼續處理公文，過了約十分鐘，時枝來了。

「我直接連絡龍崎署長了，但他說如果有事，他會過來拜會……」

這才是規矩吧。刑事部長想要見哪裡的署長，把人叫來就行了。

但伊丹奉行現場主義。不親自前往發生問題的地點，就沒有意義了。正盯著大森署的媒體看見刑事部長親臨，一定也會大吃一驚。

「不，我過去吧。」

時枝點點頭。

「我就知道部長會這麼說。龍崎署長說隨時方便。」

「好。」伊丹闔起桌上的檔案。「我這就過去。」

抵達大森署後，伊丹目不斜視地前往署長室。途中和多名署員擦身而過，但年輕署員根本不認得伊丹，滿不在乎地經過。

第一個認出伊丹的是警務課長。記得他姓齋藤。

齋藤驚愕地從座位上站起來，立正後說：「刑……刑事部長！」

聽到這話，在場所有的人紛紛站起來立正。伊丹覺得好像成了亮出將軍家葵花家徽、威震四方的水戶黃門（註：水户黄門是江户時代的水户藩藩主德川光圀的別名。後世以其爲主角，創作出各種隱居後的水户黄門漫遊全國各地，勸善懲惡的民間故事）。

貝沼副署長從辦公室衝出來。他一臉駭懼地看著伊丹。一定是以為伊丹是為了那三起問題案子來罵人的。

副署長席周圍疑似記者的人也聞風而來，一臉驚訝。反應不出所料。

伊丹環顧警務課人員和貝沼副署長，露出笑容。

「我是來找龍崎談事情的，不用驚訝。」

警務課長說：「我立刻通知署長。」

「不用了，我已經連絡過他了。」

伊丹走向署長室。辦公室門開著，可以看見龍崎在裡面處理公文。

警察署長每天必須過目的公文數量，不亞於刑事部長的伊丹。署長等於一國一城之主。沒有署長的印章，所有的案子都無法結案。

伊丹敲了敲敞開的門，龍崎頭也不抬，應道：「請進。」

「我進去了。」

伊丹招呼，龍崎這才抬起頭來。

「嚇我一跳。」龍崎神情毫不驚訝地說。「沒想到你真的跑來了……」

「我不是總說嗎？我奉行現場主義。」

「現在咱們署可沒有搜查本部讓你坐鎮。你來做什麼？」

伊丹一陣詫異。

他料定龍崎肯定正沮喪萬分，沒想到他還是一如往常的他。

不，搞不好他只是在逞強。他一定是不願對我示弱。

伊丹這麼認為。

他在會客沙發坐下來說道。

「狀況很棘手吧？」

龍崎一臉怔愣。

「什麼？」

警署人員端茶過來。因為來客是刑事部長，署員緊張到全身僵硬。

龍崎對那名署員說：「一樣都是警察，不用倒什麼茶。」

署員一臉驚訝地杵在了原地，似乎不知該如何是好。

真是，龍崎作風。

「謝謝。」伊丹對那名署員說：「我正好口渴，太好了。」

署員鬆了一口氣的樣子，行禮後離開署長室。

伊丹啜了一口茶。龍崎以不悅的口吻再次問道。

「你是在說什麼？」

「在我面前，不必逞強。」

「我沒有逞強。我是真的不知道你來做什麼。」

「我聽說你正陷入困境，所以過來瞭解狀況。」

「陷入困境？這到底是在說什麼？」

「你們署裡接連出了三件醜事，你可能得為此負責，不是嗎？」

「醜事？」

「你以為我不知情？啊，你以為被擋在方面本部的野間崎管理官那裡是吧。就算野間崎耍小手段，消息還是會確實傳進我耳裡的。」

「你說的醜事是什麼？」

「這次是裝蒜嗎？你適可而止喔。」

龍崎目不轉睛地盯著伊丹看。光是這樣，就讓伊丹感到坐立難安起來。

怎麼會是我如坐針氈？

明明陷入困境的是龍崎才對。

漫長的沉默後，龍崎開口了。

「我很忙，你應該也很忙。我不想為了無聊的事浪費時間。你說的醜事到底是什麼，說清楚。」

伊丹忍不住皺眉。

看來龍崎這是認真的。

「大森署轄內發現屍體，當成意外死亡處理，但後來在大崎署轄內犯下強盜被捕的嫌犯，說那具屍體是他殺的，不是嗎？」

「這又怎麼了？你說這是醜事？」

「是初步偵查有疏失吧？」

「野間崎管理官也說了一樣的話。」

果然是野間崎嗎？

「還不止這一樁。轄內發生車禍，在處理車禍時，大森署員和駕駛發生糾紛，對吧？」

「你說這也算問題？」

「難道不是嗎？是大森署員應對失當吧？對方不是說要告大森署嗎？」

「好像演變成這樣。」

「喂，警察挨告，這可是天大的醜事吧？」

「要是真的被告的話。」

「還有竊盜案。聽說調查員在現場周邊問案時，明明問到了竊賊，卻讓人給跑了，現在還在找人吧？」

「沒錯。」

龍崎滿不在乎地說。

伊丹搖了搖頭。

「這也是重大疏失吧？那名調查員到底在想什麼？」

「試圖蒐集情報吧。」

「他問案的對象就是竊賊本人啊。」

「你想說的就這些?」

「所以我叫你不用逞強。這樣下去,你有可能被追究責任。所以我才會過來,跟你一起思考應變之道。」

龍崎再次默默無語,盯了伊丹好半晌。

果然苦惱萬分吧。連話都說不出來了嗎?

伊丹這麼想,等待龍崎回話。

2

片刻後,龍崎開口了。

「果然是浪費時間。你最好快點回去做你的工作。」

這話讓伊丹整個啞然。

「你明白自己的立場嗎？」

「應該比你還清楚。」

「野間崎管理官把你當成眼中釘，一定會趁這個機會攻擊你。」

「方面本部的管理官沒有什麼影響力。」

「或許你指望我回護你，但我的力量也是有限的。」

「我並沒有指望你什麼。」

「那這三起醜事，你打算怎麼處理？」

「沒有什麼需要處理的。」

「什麼……？」

伊丹驚訝過頭，整個人都傻了。

「首先，我不認為這算什麼醜事。轄區每天都會發生五花八門的大小案件。偵查、取締、事故處理……各種活動當中，有些順利，當然也有些不順利。不可能為它們忽喜忽憂。」

「你以為用這種說詞就能過關？」

「沒錯。」

「你瘋了……」

「瘋了的是你。你才是明白自己的立場嗎？你可是刑事部長。」

「因為我是刑事部長，所以才過來關心。屍體和竊盜案是刑事案件，我必須為東京都內所有的刑事案件負責。」

「這是不可能的事。」

「什麼……？」

「刑事部長怎麼可能對所有的刑事案件負責？組織的存在，就是為了分層負責。大森署的事交給我就行了。」

伊丹彷彿被澆了盆冷水，接著莫名氣憤起來。

「喂，我可是為你著想，才特地過來一趟的。」

「你想要我感謝你？」

伊丹亂了陣腳。

「也不是這樣……」

「刑事部長不該為了轄區警署的問題搞得暈頭轉向。」

「暈頭轉向……？」這個說法也讓伊丹惱怒。「暈頭轉向的人是你吧？你是因為太苦惱了，所以自暴自棄，索性撒手不管了，不是嗎？」

「不是。」龍崎還是一樣，態度淡然。「沒必要煩惱，也沒必要自暴自棄。」

「可是你說你什麼都不做。」

「因為沒必要做什麼。」

「這是你身為署長的正式意見嗎？」

「沒錯。靜觀其變就行了。」

「靜觀其變……」

伊丹又搞不懂龍崎這個人了。

不，龍崎的個性他很清楚，也知道他的做事風格。兩人認識很久了。

但即使是現在，每次遇到問題，龍崎的處理方法仍會讓他跌破眼鏡。

「你的說法，我就姑且接受好了。但我不能只聽你單方面的說詞。我也得聽聽野間崎的意見……」

「悉聽尊便。」

伊丹站了起來。

「你可能把狀況想得太簡單了。或許我還會再來問你狀況。」

龍崎已經繼續處理起公文。

「要過來是你的自由。」

伊丹離開署長室。

警務課的職員再次全體起立，以不安的眼神目送伊丹。

貝沼副署長也在，因此伊丹問他。

「方面本部的野間崎曾為了那三起案子來過吧？」

「是的，本部長說要追究署長的責任。」

「龍崎怎麼回答？」

「他說連結果都還沒出來，無從負責……」

「結果沒出來……？屍體和竊盜案，顯然是初步偵查的疏失吧？」

「署長好像不這麼認為。」

「他不認為有疏失……?」

「署長說案子還在調查,不能妄下論斷。」

總之,跟野間崎談談吧。

伊丹拿定主意,離開了大森署。

一回到警視廳,伊丹立刻命令時枝課長把野間崎找過來。原本照規矩來說,這樣就得了,沒必要刑事部長親自拜訪。

伊丹批閱公文,三十分鐘後,時枝來通知野間崎到了。

伊丹沒有將檔案闔上,對時枝說道。

「叫他過來。」

野間崎進入刑事部長室,在伊丹的辦公桌正面立正。

「別拘束。」

伊丹坐在座位說,但野間崎依然維持立正姿勢。

「你這樣是要怎麼談？」

「是……」

野間崎總算改為稍息姿勢。

「我找你過來，是有事想要問你。」

「是。」

「是大森署的事。我聽說大森署將屍體當成意外死亡處理，後來因強盜罪嫌落網的嫌犯聲稱那是一起命案……」

「是，沒錯。」

「處理車禍的大森署員和駕駛發生衝突，駕駛好像說要控告大森署。」

「沒錯。」

「還有一起竊案，在附近問案的大森署員沒發現詢問的對象就是竊賊，就這麼讓竊賊跑了。」

「是的。」

「聽說你針對這三個案子，和大森署的龍崎署長談過？」

「這顯然是督導不周，站在方面本部的立場，無法坐視不見……」

「這樣啊……龍崎怎麼說？」

「他完全沒有自覺到自己的責任。」

「他說了什麼？具體告訴我。」

「我向他追究部長現在提及的這三件事，他卻回應案子尚未結案，即使討論現階段的責任，也沒有意義。」

這和貝沼副署長的話沒有矛盾。

「那麼你怎麼想？」

「將屍體當成意外死亡處理，顯然是初步偵查有疏失。應該連絡方面本部及警視廳，請法醫到場勘驗。」

「你也這麼對龍崎說嗎？」

「是的。」

「龍崎怎麼說？」

「他說現場調查員認為沒這個必要，因此署長也不認為有問題……」

「但你認為明顯是初步偵查有疏失？」
「是，很遺憾……」
「那車禍是怎麼樣？」
「車禍發生後，雙方駕駛的説法有落差。其中一方的駕駛非常生氣，説處理車禍的大森署交通課人員只聽從另一方的説法。因此該名駕駛和員警發生了衝突。」
「具體是什麼狀況？」
「地點是環七的澤田十字路口附近，交通號誌所在的T字路，有超商的轉角。其中一輛車從超商旁邊的單行道開過來，要左轉進入環七，這時與在環七直行的車輛發生衝撞。駕駛和車上乘客傷勢都很輕微，但是在處理車禍時，兩邊駕駛都主張是綠燈。」
「然後呢……？」
「處理事故的員警採納了從單行道進入T字路的駕駛説法。直行的駕駛不接受，頂撞交通課員警。」

「那到底是紅燈還是綠燈？」

「正在釐清當中。也在蒐集目擊情報，但員警在處理事故時，與駕駛發生爭吵，我認為這極不可取。」

「那名駕駛真的要告大森署嗎？」

「我認為應該朝這個方向應對。」

「竊盜案是什麼狀況？」

「竊賊侵入透天厝偷走財物，損失總額約三十萬圓。刑事課竊盜係人員帶著鑑識人員前往採取證物，並在現場周邊問案。當時儘管問到了竊賊本人，調查員卻沒有發現，讓人給跑了。」

「聽說後來從監視器畫面發現跑了的就是竊賊本人……？」

「那戶人家附近有監視器，是調閱監視器畫面後發現的。」

「這也算是初步偵查的疏失？」

「是的。」

伊丹沉思起來。

不管怎麼想，野間崎的看法都更站得住腳。無論任何人來看，應該都會這麼想。

這次的三個案子，顯然是大森署員的疏失、鬆懈造成的問題。

伊丹問野間崎。

「我沒有接到這三個案子的報告，而是從刑事總務課長那裡聽說的，你知道報告卡在哪裡嗎？」

野間崎顯然慌了起來。

好半晌之間，他像在尋思措詞。最後說道。

「案子停在我這裡。」

「為什麼？為什麼沒有立刻報告上來？」

「我認為由我裁決就夠了。」

「現在我知道這些事了，你依然這麼認為嗎？」

野間崎的態度更加驚慌。

「我不想讓部長擔心。」

「擔心？你向上司報告事情時，都會擔心上司會不會擔心嗎？」

野間崎似乎詞窮了。

伊丹嘆了一口氣說：「你以為我跟龍崎交情匪淺，是吧？」

「不，我……」

說到這裡，野間崎把話吞了回去。他原本想要辯解，但失敗了。

伊丹開口。

「確實，我和龍崎小時候認識，又是同期入廳，一起度過許多難關。你是在擔心這件事嗎？」

野間崎停頓了一下。一定是在考慮該如何回答。

「是的，沒錯。」

這一點野間崎也只能承認吧。

「你說你不想讓我擔心。」

「是的。」

「真是把我給瞧扁了。」

「呃……？」

瞬間，野間崎緊張萬分。

「你以為我會搓掉這三起醜事，好幫忙龍崎脫身嗎？」

「不，什麼搓掉，這……」

「我和龍崎不會做這種事。」

不知不覺間，野間崎切換成了立正姿勢。他維持這個姿勢，默默地杵在原地。

「如果你想追究龍崎的責任，儘管去吧。這是你的工作。其實我剛才去找過龍崎了。」

「部長去找龍崎署長……？」

「我原本想針對這一連串問題，和他一起想出應對之道，但龍崎說什麼都不用做。」

「龍崎署長也對我說了一樣的話。我問他要如何善後，他說他什麼都不打算做……」

「那，接下來你準備怎麼做？」

野間崎的眼中有一種覺悟。或許是豁出去了。

「我會嚴肅完成職責。」

「也就是要追究龍崎的責任是吧？」

「是的。」

伊丹注視了野間崎半晌。野間崎也回視伊丹。

「好。這件事我不會再干預。」

野間崎的肩膀微微放鬆下來。

「我說完了。」

伊丹說，野間崎將腰彎成了九十度行禮。

野間崎準備離開，伊丹補上一句。

「往後不要再對我有所隱瞞。」

野間崎離開後，伊丹獨自思考了一陣子。

野間崎是認真的。而不管任誰來看，龍崎的狀況都很不利。

然而龍崎卻滿不在乎，還說要靜觀其變。事情不可能如此輕易就讓他混過去。

尤其警界生態非常嚴格。弄個不好，龍崎甚至有可能從大森署長的位置再往下調。不是裝什麼雲淡風輕的時候。

伊丹交互看著時鐘和桌上的文件。感覺今天沒法再去一趟大森署了。

明天再去看看吧。

就像龍崎說的，不能忽略了身為刑事部長的職務。這天伊丹在警視廳待到晚上八點，直接回家。

妻子不在家。又跑回娘家了。

對於感情變調的夫妻來說，最難熬的莫過於共處同一個空間。只要不見面，就不會有什麼大問題。

目前伊丹不考慮離婚。離婚對菁英警察官是嚴重的失分。伊丹已經在出發點落後龍崎那些人了。他身為私大畢業者，必須在工作上如履薄冰，避免失敗。雖然拘束，但伊丹處境如此，無可奈何。

而且對媒體來說，離婚也不是討喜的新聞。媒體對藝人的離婚很寬容，對公務員和政治家的離婚卻很苛刻。

雖然形同獨居，但伊丹完全不會感到不便。因為唸書的時候，加上一開始在各地方任職時，他已經習慣一個人生活了。

冰箱裡有妻子趁伊丹不在的時候回家做的熟食。他用微波爐加熱，看電視配晚飯。

洗澡也有機器自動放熱水。懶得泡澡的話，就沖澡算數。不管是泡澡還是沖澡時，手機都放在脫衣間盡量靠浴室的地方。

會是十一點左右上床吧，今天算早的。他經常到半夜一兩點都還醒著。年輕的時候，經常上床後仍煩東煩西，輾轉難眠。但現在幾乎都能立刻入睡。

今天只稍微想了一下龍崎和野間崎的事，很快就睡著了。

3

伊丹做了夢。是小學的夢。

夢境並不可怕，卻帶有惡夢的氣息。

醒來的時候，身上出了一些汗，心跳劇烈，更加深了惡夢的印象。

看看時鐘，剛過半夜兩點。還可以好好睡上一覺。

伊丹橫躺下來，閉上眼睛。

夢境重回腦海。

伊丹人在小學的體育館。還有當時的朋友。

他本來以為是小學朋友，但仔細一想，竟是警察同事。

伊丹不知為何很生氣。同時既悲傷又寂寞。這複雜的感情，加深了惡夢的印象吧。

幾個朋友按住了一名小學生。

是龍崎。

伊丹想起夢境內容，大吃一驚。

然後他唐突地回想起來了。

龍崎對伊丹說過很多次，說他小時候被霸凌。霸凌他的人，就是伊丹……

每次伊丹都說不可能。他是真心這麼相信的。

伊丹不記得自己霸凌過龍崎。

但剛才的夢境就像封印解封一般，喚醒了記憶。

伊丹的小團體或許真的霸凌過龍崎。與其說他忘記了，倒不如說他一點罪惡意識都沒有。

龍崎這個人讓他耿耿於懷。龍崎總是沉默寡言，不與人為伍。成績向來名列前茅。

伊丹也有自己算是優秀的自覺，並且積極參與體育活動。伊丹是班上的風雲人物。這讓他十分驕傲。

但是唯有學業成績，他怎麼樣都比不過龍崎。

其實伊丹對龍崎很好奇。這或許反映了他的自卑感。他想要和龍崎建立起關係。

他希望如果順利，或許可以和龍崎成為朋友。

伊丹很想和龍崎說說話，或許他把這個念頭告訴別人了。

而他的跟班們誤會了他的發言。

跟班們把龍崎拖到伊丹面前，按住他，說了類似「你對伊丹太囂張了」、「不許眼裡沒有我們」的話，恐嚇了他。

伊丹沒辦法叫他們住手。

他對龍崎沒有負面感情。可是跟班們揣摩上意，為他把龍崎抓來了。他不能責罵這件事。

這種情形應該發生過幾次。這種狀態，兩人不可能成為朋友，結果就這樣從小學畢業了。

原來如此，那就是龍崎說的「霸凌」。

然後伊丹躺在床上，回想起夢中的情景，以及被夢境勾起的當時記憶，赫然一驚。

從那個時候開始，龍崎就是一號表情。

即使遇到霸凌，龍崎也看似滿不在乎。既不害怕，也不生氣。

有時候他那種態度會惹惱伊丹的跟班，讓霸凌行為變本加厲。或許也有人打了龍崎。

但龍崎依舊一臉不在乎。

漸漸地到了畢業的時期，龍崎再也沒有被伊丹的小團體霸凌了。

這次也是一樣。

龍崎陷入了麻煩。這一點無庸置疑。

但他仍舊看似滿不在乎。就像明明遭遇霸凌，卻眉毛不動一下的小學那時候……

伊丹感到不可思議極了。

不管是什麼樣的人，若是遭遇霸凌，都不可能平心靜氣。確實，那不像現代的霸凌行為那樣陰險過分。但如果被按住、被群起圍攻，還是會顯露出感情。即使嚇哭也是合情合理的事。

小時候的龍崎絕對不會哭。因為是老早以前的事了，實際上怎麼樣，他記得不是很清楚。但是他有這樣的印象。

就是從那時候開始，伊丹知道自己絕對贏不過龍崎……

而今天他再次體認到了。

他想看到龍崎沮喪的模樣。或許這就和小學那時候的心態是一樣的。是希望以某些形式凌駕龍崎的願望。

但龍崎一如往常，毫不在乎。他超然物外。

因此伊丹才會不甘心到了極點。

然後他想了。

野間崎是真心打算要好好治一治龍崎。龍崎真的有勝算嗎？

龍崎打算怎麼克服這個困境？他真的不需要伊丹這個刑事部長的協助嗎？

伊丹整個人清醒了。

橫豎都睡不著的話，就思考站在自己的立場，要如何化解這個問題好了。

他想了一陣子，卻沒有任何好點子。

只能動用權勢搓掉了嗎……？

但這麼做反而正中野間崎的下懷。

結果伊丹什麼好方法都沒想到，在黎明前半寤半寐地迎接起床時刻。

睡眠不足，情緒鬱悶，而且莫名地浮躁難安。

今天一早就去大森署吧。伊丹這麼決定，離開住處出勤去。

一到辦公室，時枝刑事總務課長一如往常，前來告知一天的預定。伊丹沒有脫下西裝外套。

「我馬上要去大森署。你替我連絡署長。」

「今天上午要和組織犯罪對策部的部長討論……」

「幫我調整一下。大森署那裡，我去去就回。」

瞬間時枝露出無可奈何的表情，但很快就回神過來說道。

「好的。我就說部長臨時有急事。」

「麻煩你了。」

伊丹如同他所說的，立刻就出門了。

伊丹在大森署人員一臉驚訝的迎接中，沒有和任何人交談，直接前往署長室。

龍崎看到伊丹，皺起眉頭。

「你又來了……」

「昨天我和野間崎談過了。」

「所以呢？」

「他是認真的。」

「就算他是認真的，也沒有影響。」

「我從他那裡聽到詳情了。不是說這種話的時候吧？」

龍崎盯著伊丹。

「我實在不懂你到底在糾結什麼。」

「你就沒有危機意識嗎？」

「我當然有危機意識，但現在沒必要感到危機。」

伊丹在沙發坐下來。

「那你可以詳細告訴我，這次的事，你究竟是怎麼想的？」

龍崎放下手中的署長章。

「我不說，你就不肯回去是吧？」

「當然了，給我好好解釋。」

龍崎大大地嘆一口氣。

「好吧。你要我解釋，我就解釋，你想先聽哪一個？」

「先說明屍體的案子吧。」

「你知道那起案子的經緯吧？」

「嗯，野間崎說，轄區警署不應該自行判斷，而應該連絡方面本部和本廳，要求法醫到場勘驗。」

「沒那個必要。我們署的資深調查員判斷是意外死亡。我聽他詳細報告了，也認為是意外死亡沒有錯。那個案子沒有問題。」

「但後來狀況變了。在大崎署轄內因強盜罪嫌落網的男子，說那具屍體是他殺的，不是嗎？」
「野間崎好像這麼想。」
「咦……？」
「我們署處理的屍體，毫無疑問是意外死亡。所以那個強盜犯說的，是別的屍體。現在大崎署和我們署正在合作尋找那具屍體。」
「什麼……？我怎麼沒聽說？」
「我確實把報告書交出去了。我猜又是被方面本部擋下來了吧。」
「意思是屍體不只一具？」
「這個可能性很大。把我們處理的案子的屍體，當成大崎署的強盜犯殺的屍體，是野間崎貿然武斷了吧？」
伊丹瞬間啞然。
「所以，你是在等第二具屍體被找到嗎？」
「沒錯。所以我才說只能靜觀其變。」
「這麼重要的事……」

伊丹掏出手機，打到警視廳的刑事總務課，叫時枝聽電話。

「大崎署的強盜犯那件事，我剛才聽到，嫌犯聲稱殺害的屍體，目前大崎署和大森署正在合作搜索。這麼重要的事，刑事部長居然沒有收到報告，這個問題很嚴重。」

「我立刻調查。」

掛斷電話後，伊丹對龍崎說：「屍體的事，就先等找到那具新的屍體再說吧。但車禍的事怎麼辦？」

「不怎麼辦。在現場處理車禍的員警沒有任何違法情事，是肇事駕駛自己單方面情緒失控。」

「可是萬一引發問題……」

「如果員警心情不好，早就依妨礙公務罪把他逮捕了。」

伊丹再次啞然。

「可是聽說駕駛揚言要告大森署不是嗎？」

「我不知道他要告什麼，但不可能有哪個法官會理他。」

「你說處理車禍的員警沒有任何違法情事？可是聽說肇事雙方駕駛都主張是在綠燈進入T字路不是嗎？」

「這件事已經查明了。我們已經問到車禍時的目擊證詞，也查過監視器畫面了。說要告人的那名駕駛不是撒謊，就是搞錯了。」

「搞錯……？」

「他說是綠燈，但實際上並不是。」

「那他怎麼會說要告警察……？」

「連你也覺得奇怪對吧？我也一樣。所以我才說別理他就好了……等那名駕駛冷靜下來之後，也會明白的。」

「所以你才說要靜觀其變……」

「如果過了一段時間，對方還是不肯罷休，我打算好好向他說明告警察是怎麼一回事。刑事和民事兩邊都會好好解釋……」

確實，如果聽到說明，應該就會打消提告的念頭。

這事件感覺一樣就像龍崎說的，靜觀其變才是對的。

「那，竊盜案又怎麼說？問案的調查員明明問到竊賊本人，卻讓人就這樣跑了。」

「那不是疏失。」

「不是疏失？」

「在辦案的過程中，這種情形司空見慣。調查員在問案的時候，完全沒有對方就是宵小歹徒的認識。說讓人跑了，這種指控太奇怪了。」

「理論上是這樣，可是……」

「察覺那個人就是竊賊的，也是問案的調查員本人。他看到監視器畫面，指出那個人就是竊賊。如果沒有那名調查員，搞不好連竊賊詳細的外貌都還不清楚。」

「這個案子現在怎麼了？」

「還在偵辦當中，但應該已經快收網了。應該已經掌握到了嫌犯的下落，所以……」

「你才說靜觀其變就好……」

「沒錯。」

簡直就像魔法。

過去伊丹有過好幾次這樣的感覺，這次也有了相同的感受。

最初從時枝那裡聽到狀況時，他覺得這下棘手了。從野間崎那裡聽到報告時，他深信龍崎一定走投無路了。

龍崎說他什麼都不做時，伊丹覺得不可置信。甚至覺得他想得太天真了。

然而現在像這樣聽到龍崎條分縷析，感覺根本毫無問題。

現在伊丹總算理解龍崎當時說他是「暈頭轉向」的理由了。他幾乎冒出冷汗。

「聽完你的解釋，我總算理解你的話了。」

聽到伊丹這麼說，龍崎笑也不笑地說道。

「我一開始就說過了。」

果然一點都不可愛。

「不過我沒有收到報告，也是個問題。」

「的確，只要確實收到報告，冷靜分析，或許你也可以立刻理解我的說法。」

「沒錯，我也這麼認為。」

「問題是你有沒有那個餘裕去仔細看過所有的報告。」

「我在努力。我認為報告被卡住沒有交給我，才是最大的問題。」

「向我抱怨這一點也沒用。」

確實如此。

「有必要再跟野間崎談一談吶。」伊丹說。

「那與我無關。」

這些都是大森署的案子，怎麼能說「無關」？伊丹想。但就像龍崎說的，報告被卡在中間，並不是龍崎的責任。

「關於這三起案子，我也會和你一樣靜觀其變，等待結果。」

「這是當然的。也只能這麼做了。」

「昨天你為什麼不像剛才那樣解釋就好了？」

「自己用點腦吧。」

我昨晚就在床上想破了頭……

這件事還是保密好了。

「屍體和竊盜案，到時候直接向我報告。」

「有這個必要嗎？」

伊丹想起昨晚的夢，說道。

「就看在咱們的交情上吧。」

「我們哪有什麼交情？」

「我們是同期，又從小認識。這種關係很難得的。」

「小學的時候的確是同班過，但我們並不是朋友。」

「我知道。」

小學的時候，我想和你成為朋友。這個願望未能實現。

但伊丹覺得現在兩人維持著比當時好上太多的關係。

歷經長久的歲月，兩人或許終於成了朋友。對伊丹來說，是無可取代的朋友。

但他決定把這話藏在心裡。有些事情，一說出口就壞了。

「拜。」

「嗯。」

龍崎繼續處理公文了。伊丹面帶笑容地離開署長室。

門外，貝沼副署長和齋藤警務課長正一臉憂心地等著伊丹。伊丹微笑說：

「不必擔心。交給署長，一切都會迎刃而解。我只是來確定這件事的。」

兩名大森署幹部面面相覷。那表情就像在說不明白發生了什麼事。但同時兩人也都露出如釋重負的表情。

一回到警視廳，伊丹立刻找來組織犯罪對策部的部長。雖然比預定晚了一些，但討論順利結束了。

午餐後，伊丹找來時枝課長問道。

「那件事怎麼樣了？」

「大森署和大崎署搜索屍體的事，對嗎？」
「沒錯。」
「已經送到搜查一課長那裡。聽說也已經開過記者會了。」
伊丹大吃一驚。
「記者會？我怎麼都沒接到報告？」
「因為相關事證尚未釐清……找到屍體的時候，應該會呈上報告。」
「那樣就太慢了。我想要掌握現場的動態。」
時枝露出憂心的表情。
「如果每件小事都報告給部長的話，量會不勝負荷。」
伊丹沉吟起來。
這也是龍崎說過的話，刑事部長不可能對所有的案子負責任。所以才需要組織。
如果搜查一課長判斷應該等找到屍體再報告，或許應該尊重他的看法。
「我知道了。這件事與大森署的問題密切相關，龍崎署長應該會直接報告上來。你也交代一下搜查一課長。」

「好的，我會轉達。」

搜索屍體的事，不能讓報告卡在野間崎那裡。

全部怪罪給野間崎，也未免可憐。龍崎和野間崎之間的磨擦，丟著不管也會解決。

但如此一來，或許兩人之間會一直存在著疙瘩。

或許我應該居間設法。

伊丹如此盤算。

事情是有趨勢的。問題解決的時候，就會許多事情連帶一口氣迎刃而解。

伊丹在過去的經驗中，有過多次這樣的感受。

這次亦是如此。

從龍崎那裡聽到詳細說明後的隔天。

龍崎依照約定，打電話來報告已經抓到竊盜犯了。之前他說偵辦已進入收網階段，看來他的判斷沒錯。

如此一來，被認為是大森署重大疏失的三起案子當中，有一起就解決了。

隔天龍崎又打電話來了。

他說就像被拘留在大崎署的強盜案嫌犯所自白的，昭和島公園旁邊的運河裡，找到了一具屍體。

那裡就在大森署認定是意外死亡的屍體發現地點附近。

伊丹找來搜查一課長，確定這件事。

「起初大森署認定是意外死亡的屍體，原本懷疑是不是遭到大崎署的強盜犯殺害的被害者，但結果不是，對吧？」

「沒錯。」

「我知道了。辛苦了。」

這下大森署的三個難題當中，有兩個都解決了。

剩下的一件呢？雖然車禍不屬於刑事部長的管轄，但伊丹還是很在意。

或許龍崎會嫌他煩，但他還是打了電話。

「喂，我是龍崎。」

聲音一如往常地不悅。

「屍體和竊盜案的事，真的就像你說的那樣。」

「當然了。」

「交通事故那邊怎麼樣了？」

「沒事了。那名駕駛也冷靜下來了吧，跑來說他不打算提告。他等於是闖了紅燈，但刑事處分太嚴厲了，所以最後只做出行政處分。兩邊都交給汽車保險公司處理，不關警方的事了。」

伊丹有種放下心頭大石、又像落空的感覺，頗為奇妙。

「這下你就不會被究責了呢。」

「我從一開始就這麼說了吧？我很忙，要掛了。」

「好。」

電話掛斷了。

伊丹叫來時枝課長，下了命令。

「什麼時候都行，叫野間崎管理官過來一趟。」

「好的。」

雖然說什麼時候都行，但聽到刑事部長要找，應該會立刻飛奔而至。不出所料，約三十分鐘後，野間崎就出現了。他應該也聽說事情經緯了，神情相當馴順。

他就像前些日子一樣，在辦公桌前立正不動。

「大森署的問題好像解決了。」

「是……」

「看來並沒有演變成必須向龍崎究責的狀況。」

「是。讓部長擔心了。」

「強盜犯的供詞，是你過於武斷了，這一點你同意吧？」

野間崎沒有辯解。

「確實是我判斷錯誤。」

「然後，你刻意把應該要往上呈交的報告壓在自己手上。」

「是。」

或許野間崎已經有了受到訓斥，並更進一步遭到某些處分的心理準備。

「你一定是覺得，這是個臭罵龍崎一頓的好機會。」

「什麼臭罵，這……」野間崎慌了。「我身為管理官，只是認為若有什麼疏失，就應該要查明，並追究責任才行。」

「噯，龍崎那種個性，有時候也的確會被他惹毛吧。因為他雖然是轄區署長，階級卻比你高。職位與階級的扭曲，搞得你也很難做事吧。」

野間崎表情意外地看著伊丹：

「部長，我……」

他一定是覺得這是個辯解的機會。但伊丹舉起右手制止。

「你說你把大森署的相關報告壓在你那裡，是因為顧慮到我。這或許是表面話，但我就相信這個說法吧。我有個朋友，向來表裡如一，我偶爾也想模仿一下他。」

「是……」

野間崎一臉怔愣地看著伊丹。也許他拿捏不準伊丹的真意。

但伊丹這話並無城府。

如果凡事都一心穿鑿，有可能會無法理解單純的事實。

「我很擔心你和龍崎之間，會因為這次的事而留下疙瘩。」

「不會有什麼疙瘩的。」

「不，你和龍崎之間的對立，不是現在才開始的。我希望這次的事能成為一個契機，讓你們彼此走近……」

野間崎滿臉困惑。

他抱定被嚴加訓斥的覺悟而來，話題卻朝截然不同的方向走。這也是伊丹精心計算的心理效果。

只要這樣處理，往後野間崎絕對會對伊丹百依百順。

「我會遵照部長的意思做。」

伊丹點點頭。

「接下來就看龍崎了。他就交給我吧。」

「當然。」

「不好意思要你特地來一趟。」

「哪裡。」

野間崎誠惶誠恐地行禮離開了。

雖然對野間崎說「交給我」，但要求龍崎放下身段親近野間崎，或許相當困難。

龍崎似乎完全沒把野間崎放在心上。

如果對他說「和野間崎和解吧」，他絕對會這麼回：「和解？我們根本沒有對立，何來和解？」

該怎麼做才好……？

伊丹丟下公文，沉思了一會兒。

總之，應該讓龍崎和野間崎面對面。接下來就看他們個人了。但這件事本身就很困難。

就算要盡各種策略，對龍崎也不管用吧。左思右想了老半天，伊丹有了結論。

既然如此，只能直球對決了。要是遭到拒絕，到時候再另闢蹊徑就是了。

伊丹打電話給龍崎。

「我有事商量。」

「什麼事？」

「我會安排飯局，你願意和野間崎一起參加嗎？」

「意思是叫我跟他一起吃飯？」

「沒錯。」

反正他一定會冷冰冰地拒絕。

「好。」

「呃，所以說，看在我的面子上……」說到這裡，伊丹才注意到龍崎的回話。「咦……？你不拒絕嗎？」

「主動邀人家，你那是什麼反應？只要是不違反國家公務員倫理規章的飯局我就去。」

真是。龍崎的反應總是無從預料。老是教人跌破眼鏡。

「只有我們三個人。」

「那就沒問題。不過如果你們想要聯手說服我什麼，是白費工夫。安排飯局會是反效果。」

「我知道。只是想跟你還有野間崎好好聊一聊而已。」

「我跟他沒什麼好聊的……對了，關於方面本部和轄區警署的連絡管道合理化，我有一些建議。」

「就談那個話題好了。那，時間地點決定以後，我再通知。」

「好。」

這次是伊丹先掛了電話。

不知道結果會是如何。但伊丹覺得達成了自己的職責。

兒時朋友和同期。

在擔任警察官的期間，這樣的關係會一直維持下去。不管兩人調動到何處，都不會改變。

如果能夠，希望一輩子都是這種關係。

伊丹現在如此期望著。

娛樂系 045

初陣—隱蔽捜查3・5

作者　今野敏
譯者　王華懋
責任編輯　林依俐
美術設計　POULENC
書衣裡插畫　chocolate
內文排版　高嫻霖

發行人　林依俐
出版　青空文化有限公司
臺北市大安區敦化南路二段105號10樓
讀者服務信箱：service@sky-highpress.com

總經銷　大和書報圖書股份有限公司
電話　02-8990-2588
印刷　前進彩藝有限公司

出版日期　2023年5月　初版一刷
定價　340元
ISBN　978-626-95272-7-4

國家圖書館出版品預行編目 (CIP) 資料

初陣：隱蔽捜查 3.5 / 今野敏著；王華懋譯. -- 初版. --
臺北市：青空文化, 2023.5
336 面；　10.5 x 14.8 公分. -- (娛樂系；45)
譯自：初陣：隠蔽捜査 3.5
ISBN 978-626-95272-7-4(平裝)
861.57　　112003440

青空線上回函